視線から始まる

クレハ

目次

Contents

1　章

いつからだろうか。

なにを考えているのか分からないその瞳《ひとみ》が気になり始めたのは。

言葉を交わしたことはない。

けれどその瞳が私の方を向いていると、そう思うのは気のせいだろうか。

＊＊＊

満開の桜が美しい四月。

今日から瀬那《せな》は高校三年生になる。

進級し、新しいクラス発表の張り紙がされている廊下では、自分たちのクラスを確認するために人だかりができていた。

瀬那も自分のクラスを確認しなければならないのだが、いかんせん人が多すぎて近付く気にならない。

とりあえず少し離れたところから、人が落ち着くのを待つことにした。

友人と一緒になれた子や離れた子。

新しいクラスの発表に一喜一憂している生徒たちを他人事《ひとごと》のようにぼんやりと眺める。

その時、廊下の向こうからざわめきが起きた。

人垣を割ってぞろぞろと歩いてくる三人の男子生徒。

誰もが彼らの姿を見ると廊下の端に寄り、道を開けていく。

「一条院《いちじょういん》様よ！」

「瑠衣《るい》様ー！」

「総司《そうし》君格好いい！」

きゃあきゃあと騒ぐ女子生徒たちを意に介することなく……いや、若干うっとうしそうに歩いてくる三人。

騒いでいる女子生徒たちは騒ぐだけで、見えない壁があるかのように一定の距離以上近付こうとはしない。

それは真ん中にいる彼の持つ、人を寄せつけない雰囲気のせいだろう。

71 章

漆黒の髪に漆黒の瞳。

作られたような美しい端整な顔立ちは、一目で女性だけでなく男性の視線も奪ってしまう。

王者の如き雰囲気をまとう彼は、生まれながらの支配者だと思わせる、周囲を圧倒する威圧感を持っていた。

まだ高校生なのにそんな雰囲気を持てるというのがすごいが、なんてことはない、彼の生まれを知れば誰もが納得する。

彼の名前は一条院枢《かなめ》。

日本の経済界を牛耳る影のドン、一条院宗太郎《そうたろう》の孫で、一条院家の御曹司だ。

一条院グループは経済界どころか、政界にまで影響力を持っている。

この町には一条院の本社があり、その関連企業も集まっていた。

この学校に通っている生徒の多くの親が、一条院の、もしくは一条院の子会社や関連企業で働いている。

働いていると言っても、重役クラスもいれば、平社員もいるので、一概にお金持ちの学校というわけではない。

確かに金銭的に余裕のある家庭の子がそこら中にいるが、瀬那のように一条院とは関係がない一般家庭で生まれ育ってきた生徒も少なくない。

ただ、瀬那の兄は学生時代に起業した会社が成功して、青年実業家として今や上流階級の仲間入りを果たしている。

しかし、兄がそうであるだけで、瀬那自身がなにか変わったわけではない。

そんな瀬那がこの学校に通っているのは、兄の勧めもあってのこと。

進学校としても名高いこの学校出身というのは、今後の進路にも大きく役立つだろうと考えてのことだ。

そんな学校は一条院が経営しており、それゆえに先生ですら枢には文句を言えない。

誰一人口答えできない存在。

ここで彼は支配者同然なのだ。

そんな枢を含めた三人は、人が開けていく道を悠然と歩き、人でいっぱいで近付くのも困難だったはずのクラス発表の張り紙の前に難なくたどり着く。

彼らの行動の邪魔をする勇者はこの学校にはいない。

波が引くように張り紙の前から人が離れていった。

「おっ、三年でも俺たち同じみたいだぜ」

金髪に、耳にはいくつものピアスをし、制服も着崩している派手な見た目の男子生徒が、張り紙を見て嬉《うれ》しそうにする。

彼は神宮寺《じんぐうじ》総司。

進学校である一条院学園だが、比較的校則は緩く、彼のように鮮やかな髪の色に染めている者も珍しくない。

明るい性格が人気のようだが、瀬那からすると少々どころではなく騒がしく、できれば関わりたくない分類の人だ。

「本当だね。まあ、俺たちみたいな問題児ばらけさせないでしょ」

どこか納得げに相づちを打つのは、和泉《いずみ》瑠衣。

総司とは違い、きっちりと制服を着こなしている彼はこの町にある大病院の院長の息子で、いつも柔和な笑みを浮かべており、人当たりがよい。

総司と共に、小学校時代から枢と仲がいいようで、枢が誰かといる時は必ずと言っていいほどこの二人のどちらかだ。

この二人も容姿が整っており、女子生徒からの人気は絶大である。

人を圧倒し、近付きづらい空気を持つ枢と違い、比較的親しみがあり近付きやすいのか、枢よりも女子人気は高いようだ。

「枢、俺たちC組だって。行こうぜ」

「ああ」

総司が声をかけると、枢は特に感情のない平淡な返事をして歩き出す。

その時、ふと足を止めた枢が遠くから眺めていた瀬那の方に顔を向けた。

跳ねる心臓。

刹那《せつな》、絡み合う視線。

なんの感情の起伏も見せない漆黒の瞳が瀬那を捉《とら》え動けなくする。

けれどそれもほんの一瞬の出来事。

枢は先に歩き出した総司と瑠衣の後について去って行った。

瀬那はその姿をじっと見送る。

再び張り紙の前に人が集まりだしたが、瀬那はまだ枢の歩いて行った方向から目を離せないでいた。

先程のように枢と視線が合うのは初めてではない。

気がついたのは、この高校に入学してしばらくしてからだったろうか。

いつの頃からか視線が重なると瀬那が思うようになったのは。

だが、瀬那が枢と話をしたことなど一度もない。

これまで同じクラスどころか、隣のクラスになったこともないので会話をする機会もなかった。

それでなくとも枢は声をかけにくい雰囲気を発しており、瀬那から近付くことすらない。

ただ遠目に見るだけ。

かといって、周りにいる女子生徒のように、彼らに強い興味があるわけではない。

そのはずなのに、時折合わさるその視線がどうしても気になるのだ。

どうしてこんなにも彼と視線が合うのだろうか。

瀬那は考えるが、それはきっと自分の気のせいなのだろうと勘違いを恥ずかしく感じる。

現に周囲にいた子から……。

「ねえ、今、一条院様私のこと見たわ」

「えー、違うわよ。私と視線が合ったもの」

そう言って喜ぶ声が聞こえてくる。

瀬那の周りにはたくさんの人がいた。

枢と目が合ったと思う者は瀬那だけではない。

だからきっと気のせい。

なにをしていても興味なさそうにしている枢は瀬那の名前など知らないだろう。

ただの自意識過剰だ。

瀬那は何度思ったか分からない言葉で己を納得させ、ようやく人が少なくなってきた張り紙に近付いていく。

A組から順に名簿を見ていき、C組に自分の名前、神崎《かんざき》瀬那の文字を見つけた。

C組……。枢たちと同じクラスだ。

これまで決して関わることのなかった枢。

同じクラスになれば話す機会もあるだろうか。

そうすればあの眼差《まなざ》しがどこを見ていたのか分かるかもしれない。

まるで答え合わせをしに行くような気持ちで、瀬那は教室へと向かった。


新しいクラスとなる三年C組に足を踏み入れる。

ざわざわと騒がしい教室内には、先程いた枢たちがすでに来ていた。

女子生徒たちはちらちらと彼らの方に視線を向けては、きゃあきゃあと小さく騒いでいる。

気にはなるが彼らに話しかける勇気はないのか、ただ見ているだけだ。

瀬那も用がないのに話しかける気はさらさらない。

新しいグループを作り始めている生徒たちを尻目《しりめ》に、瀬那は静かに自分の席に座る。

決して友人が欲しくないわけではない。

けれど瀬那は本を読む一人の時間が好きなので、あまり積極的に友人作りに励もうとはしないだけ。

それに先程見たクラスの名簿の中には、友人の名前が載っていたのを確認していたために気持ちに余裕があった。

そうでなかったら積極的に挨拶《あいさつ》をして回っていたはずだ。

「瀬那ちゃーん」

教室に入ってくるやいなや、かわいらしい笑顔で手を振り瀬那の下に駆け寄ってくる女の子。

その女の子の登場で、にわかに教室内にいた男子が沸き立つ。

「わっ、美玲《みれい》さんだぜ」

「よっしゃ、同じクラスなんてラッキー」

そんな男子生徒の声が聞こえてくる。

「三年になってようやく瀬那ちゃんと同じクラスになれたよ。嬉しーい」

「うん、私も嬉しい。一年間よろしくね」

はにかむ瀬那に嬉しそうに抱きついてくる彼女、高坂《こうさか》美玲は、服飾ブランドの社長令嬢だ。

自社ブランドの専属モデルも務める美玲は、かなりの美人。

ミルクティー色の髪を綺麗《きれい》に巻き、スタイルもいい彼女は、男子生徒だけでなく女子生徒からも憧《あこが》れのまとである。

美玲とは、まだ中学生だった頃、兄についていったとあるパーティーで出会った。

周囲は大人ばかりの中、同じぐらいの年齢の子が瀬那と美玲だけだったことから話をしていると、美玲はお嬢様とは思えない気さくでサバサバとした性格で、思いのほか気が合い交流するようになった経緯がある。

そうしたら瀬那は、美玲が小学生から通っている一条院学園に高校から入学すると互いに分かり、驚くと共に喜んだ。

そんな美玲は生徒会にも入っており、副会長を務める彼女には親衛隊なる者も存在するほどだ。

それについては瀬那も納得なのだが、まったくもって謎なことに、なぜか瀬那にも親衛隊が密《ひそ》かに存在していた。

しばらくそれを知らずに過ごしていた瀬那が親衛隊の存在を知った時の驚きと言ったらない。

なにせ美玲とは違うごくごく普通の女子高生なのだから。

本当にいつからそんなものができたのか、作ったのは一体どこの誰か不明だが、瀬那が気付いた時にはしっかりとルールまでできあがっているという徹底ぶりには舌を巻いた。

もはや瀬那の意思を無視して、小さな組織としてなりたっていたのだ。

美玲はモデル活動もしているので、ファンクラブみたいなものだと、気にしていないどころか静かな学校生活を送るためのウィンウィンな関係を親衛隊と早々に築いていた。

しかし、何度も言うが、瀬那は一般人。

即時解散を求めたものの、泣きながら「お願いしますぅぅ」「後生ですから!」「嫌なことはしませんから!」とすがられた。

はっきり言って嬉《うれ》しいどころかドン引きである。

あまりにも必死になって存続を求めるため、迷惑をかけないことを条件に認め、晴れて公認となったものの、自分にも親衛隊がいることに瀬那は首を傾げる。

だが、よくよく考えると、きっと美玲とよく行動をともにしているから一緒くたにされたのだなと思うと、深く納得した。

「それにしても、一条院様がいるからかノワールのメンバーが多いわね」

美玲が教室内にいる男子生徒たちの顔を確認しながらそう話す。

「そうなの?」

「瀬那ちゃんって、そういうの興味なさそうだもんね。知らなくて当然か」

「失礼な。さすがに誰が入ってるかまでは分からないけど、一条院さんの取り巻きってことは知ってるし」

「それ、この学校に通っていれば誰でも知ってる最低限のことだよ」

一条院枢に憧れ、集った者たちをいつからかノワールと呼ぶようになった。

少々不良な集団のようで、夜中にバーに集まって騒いだり、町の不良と喧嘩《けんか》をしたりしているという噂である。

あくまで噂なので、事実かどうかさだかではない。

しかし、枢のもとに統制が取れているので、一般人に被害が及んだという話は聞いたことはない。

もっぱら喧嘩の相手となるのは、目立つ枢やノワールというグループが気に食わない、この辺りの地区にいる暴走族や不良と呼ばれる類《たぐい》の人たちなのだが、返り討ちに遭って解散した暴走族は数知れないとか。

むしろ治安がよくなったと感謝する人たちすらいるという。

そんなノワールに所属している生徒は思いのほか多い。

学校に通っている男子生徒の三分の一は所属しているとかいないとか。

そこも噂なので瀬那は詳しく知らない。

けれど、枢を慕う人間が多いのは確かな情報だ。

一年生、二年生はもちろんのこと、瀬那は枢とは違うクラスだったにもかかわらず、男子たちの間で枢を尊敬する言葉が飛び交っていたから瀬那も知っていた。

「ここって進学校なのに、よくそんな不良集団に入るよね。そんな時間があるなら勉強しなさいよって思うんだけど」

瀬那が素朴な疑問を口にする。

とはいえ、枢はその容姿だけでなく、成績も運動神経も優れているハイスペックさ。

天は二物を与えずとは嘘だと自身で証明しているような存在だ。

そんな枢がわざわざノワールのために作った〝ノワール〟というクラブが繁華街にあるらしい。

そんなことのためにお店一つ作ってしまうのだから、さすが天下の一条院グループの御曹司といったところか。

そこで彼らは夜遅くまで騒いでいるらしいのだが、よく勉強に置いていかれないなと瀬那は感心してしまう。

「まあ、確かにね。でも純粋に一条院様に憧れてノワールに所属しているわけではない人もいるみたいだよ」

「どういうこと？」

「将来のために一条院の御曹司に顔を覚えてもらおうっていうね。簡単に言うと媚《こ》びを売ってるのよ」

美玲が苦笑交じりに説明する。

「ああ、なるほど」

その説明に対して、瀬那は深く納得する。

多少勉学を引き替えにしても、不良集団に所属する価値はあるのだろう。

それだけ一条院とは魅力的な名前なのだ。

特に関連企業が多くあるこの町では。

まあ、顔を覚えてもらえればの話だが。

枢を見る限り、媚びを売られて喜んでいるようには思えない。

「一条院家の御曹司も大変ね」

瀬那は完全に他人事《ひとごと》だ。

「まっ、あの一条院に生まれたんだからそういう輩《やから》がついて回るわよ。私の家の規模の会社でもそういう媚びを売ってくる人たちがいるんだから、一条院となったらそれ以上でしょうね。私は一年の時に一条院様と同じクラスだったんだけど、そういう人たちが溢《あふ》れて酷《ひど》かったもの」

「あんまり教室内で騒がれるのは嫌だな。本がゆっくり読めない」

瀬那の眉間《みけん》に皺《しわ》が寄る。

本を読む時間は瀬那の至福の時間だ。

離れて暮らす両親——特に父親が本の虫だったことに強い影響を受けていると思っている。

瀬那の父親は知る人ぞ知る文学作家なのだ。

父親と外に出て遊ぶことは少なかったが、本を通して感想を言い合ったりして親子の交流となっていた。

父親との大切で楽しい時間は瀬那の記憶に強く印象付けられ、今の瀬那を形作っている。

瀬那にとってもはや本は、衣食住と同じぐらい大事な生活の一部と言っていい。うるさくされてそれを邪魔されるのは困る。

「それなら大丈夫よ。親衛隊の『鉄の掟《おきて》』は周知されてるはずだし。現に瀬那ちゃんがいるからか、いつもより女の子たちも大人しいよ。私が一年の時はこんなもんじゃなかったもの」

「だといいんだけど」

十分うるさいと思う瀬那だったが、同じクラスになったことのある美玲がそう言うのだからそうなのだろう。

親衛隊などというものに対して少々恥ずかしいという思いがあるが、静かな学校生活を守れるなら親衛隊も悪くはない。

そこで先生が入ってきたので話を切り上げた。

瀬那の高校最後の一年が始まる。

三年生になってから早数日。

新しいクラスになったものの、特に目立った出来事のない生活を送っている。

読書が好きな瀬那は、休み時間になっても周囲の子たちのように特に誰かと談笑をするでもなく、自分の席に座って本を開いていた。

人付き合いが嫌なわけではないが、ただ本を読むのが好きなのだ。

それを分かっている美玲は、瀬那の邪魔はせず、他の友人たちと話している。

社交的な美玲は、瀬那以外にもたくさん友人がいるので困ってはいないようだ。

当初懸念していたようなやかましさもなく、安心して読書に励むことができていたのだが、この日は違っていた。

瀬那にとっては最悪と言ってもいい邂逅《かいこう》。

「ねえ……」

外界を遮断し、本に集中していた瀬那に声がかけられたようだが、瀬那はそれに気付かなかった。

そして突如、肩を揺さぶられる。

さすがにこれだけされれば気付くが、逆を言えばこれぐらいしなければ気がつかないほど集中していたということ。

瀬那が本から顔を上げると、女の子が目の前にいた。

自分の魅力を理解し、よく見せるように完璧《かんぺき》に身嗜《みだしな》みを整えている美玲とは違い、化粧っ気はないが、小動物のような愛嬌《あいきょう》のあるかわいらしさを持った女の子。

その子が誰だか知っている瀬那は、思わず顔を歪《ゆが》めそうになった。

「なにか？」

予想以上に低い声が出てしまい、瀬那は我が事ながら内心で少し驚く。

しかし瀬那にとって大好きな読書の時間を邪魔されたせいもあるのだからいたし方ない。

だが、彼女は特に気にした様子もなく、にっこりと微笑む。

「私、新庄愛菜《しんじょうまな》って言うの！」

だから？

思わずそう口から出そうになったが、瀬那はすんでのところで言葉を呑《の》み込んだ。

「知ってます」

「そうなの？　嬉《うれ》しい」

まだ新しくなったクラスメイト全員を覚えきってはいないが、新庄愛菜は有名なので、瀬那に限らず知らない方がおかしい。

神宮寺総司の幼なじみで、彼ら三人とよく一緒に行動している女の子。

一条院枢を『枢君』と唯一下の名前で呼ぶ女の子で、彼らのファンである学校中のほとんどの女子生徒から嫌われていると言っても過言ではない。

それ故に、彼女には女の子の友達は一人もいないようだ。

ならば男子生徒からはどう見られているかと言うと、総司の幼馴染《おさななじ》みということで、目立った接触を図ろうとする者はいないようだ。

愛嬌のある性格をしているので異性からの人気はありそうなものだが、いかんせん、一緒にいる三人の威光が大きすぎた。

それに、伝え聞いたところによると、一条院家の足元には及ばないものの、それなりに大きな会社の社長令嬢なのだとか。

総司と一緒に行動しているのも、総司の親がその会社に勤めているからだという話だ。

そのことに対して、立場を利用して三人の近くにいると不満の声をあげる者は多い。

まあ、だからといって、なにかが変わるわけではない。

なにせ愛菜は枢のことを名前で呼ぶぐらいなのだから、二人は付き合っているのだろうと瀬那は思っていた。

そんな学校のピラミッドのトップにいる三人に一番近い女の子だ。

瀬那もそんな厄介な人間とは関わりたくはなかった。

いったいなんの用なのか、瀬那は嫌な予感がしてならない。

「あなたいつも一人でいるでしょう？　私もね、女の子の友達いないの。よかったら仲良くして！」

瀬那の嫌な予感が的中して、いっそ気を失いたくなった。

引きつりそうになる頬を必死で抑える。

頼むからあっちへ行ってくれと念じるが、瀬那の心の声が伝わるはずもなく、愛菜はニコニコと笑みを浮かべている。

「ねぇ、あっちで一緒にしゃべろう？」

そう言って彼女が指し示すのは、枢たちがいる席。

冗談ではないと、今度こそ引きつる口元が隠せなくなった。

「ごめんなさい。私、本読んでるから」

「いいじゃない、そんなの後でいくらでも読めるんだし」

「遠慮しておきます。今面白いところだから」

「いいから、ほら早く」

「ちょ、ちょっと――」

人の話を聞かず、無理やり立たせようと手を引っ張る彼女に、瀬那はイライラとしてきた。

手を振り払おうかと考えていると、まるでそんな瀬那の心を読んだかのようなタイミングで美玲の声がかかる。

「瀬那ちゃん」

瀬那のところに来た美玲は、雑誌の表紙を飾っている綺麗《きれい》な笑みを浮かべながら、瀬那を摑《つか》んでいた愛菜の手を容赦なく振り払う。

「きゃっ」

小さく悲鳴を上げた愛菜に構わず、美玲は瀬那の手を取り立たせると、瀬那が読んでいた本を回収して、先程まで美玲が話していた友人たちのところへ行く。

そばにある机の上に本を置くと、にっこりとかわいらしく笑った。

「さっ、瀬那ちゃん読書続けてね」

「ありがとう」

さすが美玲だと、瀬那は感謝と共に愛菜への容赦のなさに思わず笑ってしまう。

口を挟んできたタイミングといい、瀬那が彼女と関わりたくないと思っていることをよく分かっている。

いや、恐らくこの教室にいる全女子が彼女と関わりたく思っていないからこそ、瀬那の心も察してくれたのだろう。

美玲もまた、社交的ですでにクラスメイトのほとんどと交流を持つまでになっているが、愛菜にだけは近づいていなかった。

それは枢たち三人についても同様だが、彼らは別次元の住人なので、関わらないのは美玲に限ったことではない。

安心して席に着こうとした時、愛菜が不服そうに後を追いかけてきた。

「ひどい！　瀬那ちゃんは私としゃべろうとしてたのに、どうして邪魔するの？」

いつから名前で呼ぶほど仲良くなったんだと、瀬那は心の中でツッコむ。

勝手に瀬那ちゃんなどと呼ばないで欲しいと、嫌悪感を抱く。

ここで口を挟まなかったのは、すでに美玲が臨戦態勢に入っていたからだ。

美玲は彼女を見下すように鼻で笑う。

美玲は悪役顔もよく似合う。そう言ったら落ち込むだろうか。

いや、美玲の性格上、逆にノリノリで悪役をしてくれそうではある。

今もまさに気合いすら感じるほどに愛菜を煽《あお》っていた。

「どう見ても瀬那ちゃんが嫌がってるのに、分からないの？」

「そんなことないわ。瀬那ちゃんだって友達がいなくて寂しいに決まってるじゃない。いっつも一人でかわいそうだなって思ってたの」

勝手にかわいそう認定された瀬那は内心複雑だった。

「だから友達になろうと思って話しかけただけなのに、私が話しかけた途端に瀬那ちゃんにかまうなんてひどい！　枢君といる私が気に食わないのは分かるけど、私が友達を作ろうとするのまで邪魔しないで」

「別にあなたが一人なのは一条院様と一緒にいるだけが原因じゃないって気づいてないの？　あなたそんなだから友達できないって気付いた方がいいわよ。もう少し周囲に目を向けて人の気持ちを考えないと、いつまでも友達できないわよ」

美玲に激しく同感する瀬那と同じくうんうんと頷《うなず》くのは、美玲の友人たちだけでなく教室内にいた関係ない女子たちもだった。

愛菜は勘違いしていることが多すぎる。

そもそも瀬那は一人で静かに読書するのが好きなだけで、友達がいないわけではない。

美玲と特に仲がいいが、他にもこの教室内に話をする子はいるのだ。

一人に見えたのは、美玲たちが読書の邪魔をしないため、話しかけないようにただ気を遣ってくれていただけ。

他の時ではそれなりに友人たちとおしゃべりを楽しんでいる。

その場面を愛菜が見ていないだけだ。

そして一番の勘違いは、瀬那は彼女と仲良くする気も友人になる気もないということ。

「そもそも、私ですら瀬那ちゃんと話したいのを邪魔しないよう我慢してるのよ。それなのに、あなたにその時間を取られてなるものですか」

「そうよ、私も神崎さんに話しかけたいの我慢してるのよ」

「私だって！」

怒る美玲に、次々と美玲の友人たちも声を上げていく。

読書優先にしていたが、もう少し読書を控え、美玲や他のクラスメイトと話す時間を作るようにすべきだなと、瀬那は申し訳ないと反省する。

別に美玲たちならば話しかけてきてくれてもいいのだが、気を遣わせてしまっているらしい。

逆に、気を遣うという言葉を知らない愛菜は理解できない様子だ。

枢たちと行動をともにしているからだろうか。

枢のついでではあるが、なにかと優先してもらえることが多いからなのか、愛菜は人の機微に疎い気がする。

自分中心に世界が回っているとまではいかないが、その一歩手前ぐらいにはいそうに感じた。

だから、美玲たちが遠慮している意味が分からないでいる。

「話しかけたいなら話しかければいいじゃない」

「だから、瀬那ちゃんの読書の邪魔をしないためなの。それなのにあなたってば、相手のことも考えずずけずけと。まさかと思うけど鉄の掟《おきて》を知らないんじゃないわよね？」

「鉄の掟？」

話がなかなか通じない愛菜に、美玲もあからさまに苛立《いらだ》ってきているのが分かる。

愛菜はきょとんとする。

その様子を見るに、知らないようだ。一年生の頃に作られた、親衛隊の鉄の掟はけっこう周知されていたと思っていた。

もう三年目になるというのに愛菜が知らないのは予想外だ。

いや、枢たちといるせいで教えてくれるような同性の友人がいないので、それも仕方がないのかもしれないが。

「はあ……」

美玲は、大袈裟《おおげさ》なほどにため息を吐く。

いつの間にか教室内の生徒はこちらの騒ぎに注目していた。

枢たちのグループも。

美玲は、その枢たちの方へと顔を向けた。

正確には枢といる、瑠衣にだ。

「和泉さん、この子引き取ってくれます？　あなたは鉄の掟のこと知らないはずありませんよね？」

瑠衣はやれやれと仕方なさそうに席を立つと、こちらへと向かってきた。

その一挙一動にクラス中の視線が注がれている。

そんな視線を受けながらも堂々としている瑠衣は、さすが普段から見られ慣れているといったところか。

「もちろん知っているよ」

「親衛隊と生徒会を敵に回す気がないのなら、この子にちゃんと言って聞かせてもらえますか？」

にっこりと微笑みながらすごむ美玲の目は笑っていない。

しっかり面倒見とけよ。という副音声が聞こえてきそうだ。

「分かった。二度と神崎さんの邪魔をしないように言い聞かせておくよ」

「お願いしますね」

瑠衣に対して強気な美玲に瀬那は感心する。

枢と比べれば話しやすい瑠衣だが、それでもこの学校のヒエラルキーのトップにいる人物だ。

彼にこれほど強気に話せる者はほとんどいないだろう。

瑠衣は席へと戻っていった。

「愛菜行くよ」

「えっ、でも……」

「いいから。あんまり手間かけさせないで」

若干の苛立ちを含ませて愛菜の腕を摑《つか》むと、ほぼ強制的に引っ張って瑠衣は席へと戻っていった。

瀬那は頼むからもう来ないでくれと思いながら、視線を美玲に戻す。

「ありがとう、美玲」

「どういたしまして。それにしても、瀬那ちゃんの読書を邪魔するなんてある意味強者《つわもの》だわ」

「そこにぼっちがいたから、同じぼっち同士で友達になれると思ったんじゃない？　私は好きでぼっちになってるんだけどなぁ。まさか憐《あわ》れまれるとは……。まあ、実際にぼっちだったとしても、絶対に彼女と友人になるのは遠慮したいんだけど……」

「そりゃあそうでしょ。あの子自分に友達いないのが、一条院様たちといつも一緒にいて女の子に嫌われてるからって、本当にそのせいだけだと思ってるのかしら。だとしたら相当おめでたい頭してるって」

否定はしない。

よく言えば天真爛漫《てんしんらんまん》で人懐っこい子。

悪く言えば馴《な》れ馴れしく他者への配慮がない空気の読めない子。

いいように取れればいいが、瀬那には無理だった。

仲のいい美玲とも、ある一定の距離感を欲する瀬那にとって、あの馴れ馴れしさは受け入れがたい。

一条院枢たちと親しくしていることによって、女子生徒たちから嫉妬《しっと》を向けられていることは否定しないが、彼女に友達がいないのは彼女から頻繁に飛び出す空気の読めない発言が一因となっている。

天然な、言葉での攻撃。それにより相手を逆上させることもしばしばあり、本人はなぜ相手が怒っているか分かっていないのだからたちが悪い。

そうして離れていった友人は一人や二人ではないと聞く。

それが嫌われている原因の一つになっているのだが、本人は枢たちと仲良くしている故の嫉妬だと思っているのだ。

そんな空気の読めない人間といては、どんな面倒に巻き込まれるか分からない。

もう近付いて来ないことを瀬那は静かに祈った。

＊＊＊

不満げな愛菜を連れて瑠衣が席へ戻る。

そこにはすでに興味を失った様子の枢と、なにが面白いのかニヤニヤと笑みを浮かべる総司がいた。

席に座ると、瑠衣は愛菜に説教を始める。

「なにしてくれてるの？　高坂さんと諍《いさか》いを起こすのは面倒だから止めてくれる？　彼女には親衛隊とか味方がたくさんついてて、俺たちでも下手に手が出せないんだから」

「私はただ、女の子の友達が欲しくて。いつも一人でいる瀬那ちゃんなら私と友達になってくれるかなって思って」

まったく反省の見えない愛菜に、瑠衣はため息を吐く。

いったいどうしたら、彼女なら大丈夫と思ったのか理解ができなかった。

瀬那に手を出すのは美玲よりもっと悪いことを瑠衣は知っている。

愛菜は女の子の友人がいないので噂に疎いのかもしれないが、鉄の掟を知らなかったとは瑠衣も思わなかった。

「神崎さんは別に愛菜と違って友人がいないんじゃない。むしろ顔は広い方じゃないかな。友人も多いし、彼女と話したがる人は多いよ。でもそうしないのは鉄の掟があるからだ」

「さっきも聞いたけどなに？　その掟って」

どうやら愛菜は本当に知らないようで、上目遣いに問う彼女に、瑠衣は再びため息を吐いた。

「俺も知らねえ、なにそれ？」

「お前もか、総司」

瑠衣はちらりと窺《うかが》うように枢に視線を向けたが、特に反応はない。

そういうのには興味がないから知らないだろうなと、すぐに視線を外した。

「高坂さんもそうだけど、神崎さんにも親衛隊がいるんだよ」

自社ブランドのモデルも務める、社交的で華やかな美しさを持つ美玲。

一方。一度も染めたことがないだろう美しい黒いストレートの髪に、柔らかな雰囲気を持ち、おとなしく白が似合いそうな儚《はかな》げな美しさの瀬那。

よく図書室にいることから、図書室の天使と密《ひそ》かに呼ばれていたりする。

本を読むのが好きなのはよく知られており、成績も優秀という話だ。

社交的な美玲とは違い、男子生徒が瀬那に声をかけるのはハードルが高いのか、高《たか》のが存在する。

嶺《ね》の花のごとく遠くから見守られていた。

学校内でも特に人気の高い二人には、彼女たちのファンで結成された親衛隊なるも

親衛隊に入ると瀬那と話ができる機会に恵まれるかもと入会者が後を絶たないとか。

瀬那本人は美玲のおまけと気がついていないようだが、美玲と人気を二分するほど

の人気があり、瀬那の親衛隊は美玲の親衛隊より団結力が強いと有名である。

親衛隊に入っていなくとも、あの可憐《かれん》な容姿に惹《ひ》かれる男女は多い。

しかし、見た目に反して案外はっきりと物を言うタイプのようで、そんなギャップ

も性別問わず人気の理由だとか。

「その親衛隊が決めたいくつかの決まり事があるんだ。その中でも特に守らないとい

けない決まりが鉄の掟《おきて》。その内の一つが、神崎瀬那が読書をしている時は、騒がない、

話しかけない。そして昼休みには非常階段には行かない。その二つは親衛隊以外にも

守るようにって周知されているんだよ」

「へえ、つまり愛菜はその読書中に話しかけて、鉄の掟を破ったってことか」

納得したような総司に瑠衣は頷《うなず》く。

「そういうこと。破ったら親衛隊から警告されるって話。まあ、愛菜は俺たちと一緒

にいるから大丈夫だと思うけど、今後も掟を破るようならなにかしらの対応をしてく

るかもね」

「返り討ちにすればよくね？」

総司は簡単に言うが、そうはいかないのだ。

「親衛隊の中には、学校内に留《とど》まらない影響力を持つ奴もたくさんいるんだ。それにノワールの人間にも親衛隊とかけ持ちしている奴がいるしね。なにより生徒会が厄介だ。神崎さんとは仲がいいようだし、彼女になにかあれば動いてくるよ」

生徒会はこの学校で強い発言力がある。

教師でも生徒会の決定には逆らえないほどに。

それは、学校を作っていくのは生徒という、この学校を作った一条院家の方針があればこそなのだが、そうでなくとも生徒会の人気は絶大で、瑠衣たちでも下手に手は出せない。

「だから、もう彼女には関わるな。分かったね、愛菜？」

「でも、私瀬那ちゃんと仲良くなりたい」

まだ言うのかと、瑠衣は少しイラッとした。

「愛菜がそう思っていても彼女はそう思っていないよ。現にもう彼女は愛菜のことなんか興味から外れてるじゃないか」

美玲のそばで読書を再開した瀬那の姿をちらりと見る。

もうこちらには見向きもしていない。

「……ひどい。ねえ、そう思わない、枢君？」

愛菜が問うが、枢は歯牙《しが》にもかけない。視線すら向けなかった。

これがいつもの枢の愛菜に対する反応だが、愛菜はショックを受けている。

「愛菜。枢を巻き込むな」

「だって！　あの子……っ」

愛菜は直後なにかを言おうとしたが、言葉を呑《の》み込むようにして黙る。

少し厳しく言い過ぎたか、愛菜は目に涙を溜《た》め始めた。

しかしこれぐらいはっきりと言わないと、愛菜は理解しないことを瑠衣は分かっていた。

「そんなに女子の友達が欲しいなら、俺たちから離れればいいだろう？　そうすれば、神崎さんは無理だけど他の女子の友達はできるんじゃないの？」

「やだ、枢君たちと一緒にいる！」

愛菜は『枢君たち』と、あたかも三人同列だと告げているが、本当は『枢』が重要であることを瑠衣と総司は気づいていた。

「でも、女の子の友達も欲しいんだもん」

今にも溢《あふ》れそうなほど目に涙を溜める愛菜に、瑠衣は何度目か分からないため息を吐く。

　そんな中、空気を読まない総司が口を挟む。

「ところでさ、瑠衣」

「なに？」

「読書を邪魔するなってのは分かったけど、なんで昼休みに非常階段に行ったら駄目なんだ？」

「ああ、なんでも昼休みには神崎さんがそこでお昼ご飯を食べてるらしい。騒がしいのが好きじゃない彼女が、人の来ないそこで食べるようになってから、親衛隊が立ち入り禁止にしたそうだよ」

「ふーん」

「興味ないなら聞くなよ」

「いや、なんとなく？」

　二人の話はそこで終わったが、愛菜の方は先ほどの話に納得していない様子で、ちらりと瀬那に視線を向けた。

　そこにあるわずかな負の感情を見つけられた者は今のところいなかった。

＊＊＊

あれからというもの、愛菜が瀬那に話しかけてくることが多くなった。

瑠衣に注意されたため、瀬那が読書をしている時に話しかけることはなくなったが、用もないのに話しかけるのはやめて欲しいと瀬那はげんなりしていた。

彼女と仲良くなる気などまったくないのだ。

「ねぇ、瀬那ちゃん」

なにか彼女の興味を引くようなことをしただろうか。

まったく覚えがなく、瀬那は首を傾げるのだった。

「瀬那ちゃんは好きな子とかいるの？　私ねぇ、友達と恋バナするのが夢なの。ねっ、どうなの？」

「いないから」

「えー、絶対いるよ。意地悪しないで教えてよー」

いないと言っているのになぜ嘘だと言い切るのか。

そんな親しい間柄でもないのに、瀬那のなにを知っているというのだろう。

たとえ好きな人がいたとしても、仲がいいわけでもない人間に話すわけがない。

それでもなお、ずけずけと立ち入ってくる無神経さと馴《な》れ馴れしさに嫌気がさす。

こういう人は苦手だと瀬那は再確認した。

その点美玲は、明らかに嫌がっている相手に無理やり踏み込んで来たりしない。

瀬那が読書をしたいなと思い始める頃合を計ったように、それとなく離れて時間を作ってくれる。

美玲に友達が多いのは、彼女の性格のよさと気遣いができることによるものだろう。

「瀬那ちゃん」

計ったように美玲から声がかかると、ほっとしたように瀬那は立ち上がる。

「えっ、瀬那ちゃん」

「呼ばれてるから行くわ」

呼び止める声がするが、もうこれ以上愛菜と会話したくない瀬那は構わず美玲の下に行く。

「ありがとう」

「最近しつこいわね、あの女。瀬那ちゃんが鬱陶《うっとう》しがってるのが分からないのかしら。もう近付くなってはっきり言っちゃう？」

「うーん、でもあんまり強く言って泣かれでもしたらね……。自分の彼女が泣かされたってなったら、一条院さんが出てくるでしょう？」

美玲は嫌いな相手には容赦がないので、確実に泣かすまでいきそうだ。

一条院枢が出てくるのだけは絶対に避けたい。

いくら美玲でも枢相手には対抗できないだろう。

瀬那も頼まれたって嫌だ。

「えー、違うよ、瀬那ちゃん。新庄さんは一条院様の彼女じゃないって」

「そうなの？　だって彼女には名前で呼ばせてるから、てっきり……」

女子には下の名前で呼ばせていない枢が、唯一名前で呼ぶことを容認しているのだから、それだけ愛菜は枢の特別な人なのだろうと思ったのだが、美玲によると違うようだ。

「だって、瀬那ちゃん。彼女と話してる一条院様が笑ってるの、見たことある？」

「……ないかも」

瀬那は、愛菜と枢が話している姿を思い返してみてそう答えた。

「でしょう！　普通、彼女相手なら笑うでしょう？　でも、話している場面はよく見るけど、それも新庄さんが一方的に話してるだけだし、一条院様が彼女の相手をしてるの見たことないもの。あれで彼女なんて、ないない」

確かに美玲の言う通り、枢が笑った場面は見たことがなかった。

恋人と話していればもう少し表情が緩むはず。

しかし、愛菜が枢に話しかけていても表情一つ変えないどころか、視線すら向けないのだ。

恋人同士と言うには無理があるかもしれない。

「でも、一条院さんは新庄さんのことなんとも思ってないとしても、彼女の方は違うよね、あれ」

愛菜が枢を見る目には明らかな好意が見て取れた。

あれでは誰が見ても愛菜が枢を好きなことが分かる。

「うん、間違いない。あれは絶対に一条院様のこと好きだよね。相手にされてないみたいだけど」

ざまあとでも言いたげな表情の美玲に、瀬那は苦笑する。

「私に対してもそうだけど、あれだけ無視されてて話しかけ続けられるのってすごい精神力だよね。私なら落ち込むと思うんだけど」

瀬那はそれとなく発する空気で、迷惑であることを悟ってもらおうと、会話を切り上げようとしたり、つまらなそうな顔をしたりと、瀬那なりに察してもらおうとしているのだが、まったく効果がない。

瀬那にしろ枢にしろ、返事のない相手に対して、一方的に話せるあの精神力はすごいと普通に感心してしまう。

普通なら途中で心が折れる。

「一種の才能だよね。その被害がこっちに来るってのが厄介だけど」

そう言って美玲はうんざりした顔をする。

「激しく同感」

このまま彼女が瀬那が出す空気に気がつかないのなら、泣かれるのを覚悟ではっきりと拒否した方がいいかもしれない。

平穏な生活のためにも。

「そうだ、瀬那ちゃん。今日放課後空いてる？　翔《かける》と棗《なつめ》とカラオケ行かない？」

「生徒会はいいの？」

「うん、今日は生徒会は休み」

「そうなら、いいよ。予定ないし」

「やった、じゃあ放課後ね」


そして放課後、帰る準備をしている瀬那の教室へ、二人の男子生徒が顔を出した。

途端に女子生徒たちのざわめきが湧きあがった。

「会長と棗君よ」

そこかしこで女子生徒たちがきゃあきゃあと騒いでいる。

それは枢を始めとした三人に対するのと同じような歓声だ。

「瀬那、美玲、帰るよ」

瀬那と美玲の名が呼ばれると、女子から羨《うらや》ましそうな視線が投げかけられる。

「今行くー。行こう瀬那ちゃん」

「うん」

鞄《かばん》を持って、二人の所へ行く。

神谷《かみや》翔と西城《さいじょう》棗。

柔和な微笑みがよく似合う翔は、この一条院学園の生徒会長。

明るく人当たりもよく、運動も勉強もできる彼は、その人気でもって生徒会長に任命された。

瀬那とは同じ中学校出身で、その時代からの友人だ。

そして隣にいる棗。

元々友人だった翔や美玲の繋《つな》がりで、瀬那も棗と親しくなった。

大人しく地味な印象のある棗だが、よくよくみればとてもかわいらしい顔をしている。

それが嫌で眼鏡と髪で顔を隠しているのだが、隠しきれていないのが実状だ。

書記を務める棗は、会長の翔と副会長の美玲と共に、絶大な人気を集めている。

その人気は一条院枢をトップとし、和泉瑠衣、神宮寺総司が脇を固めるノワールと二分するほどで、女子生徒のほとんどが生徒会派かノワール派かと言われている。

「お待たせ」

教室の入口で待つ翔の所へ行くと、翔は微笑みながら瀬那の頭をポンポンと触れる。

途端に周囲から上がる女の子たちの悲鳴。

「きゃー、私もされたい」

「いいな〜」

そんな悲鳴が上がる中、美玲が瀬那の頭の上にある翔の手をはたき落とした。

「つっ、なにするんだ、美玲」

「セクハラ」

なんとも冷たい目で翔を睨《にら》む美玲。

「人聞きの悪い。ただ撫でてただけだろ」

「大して違わないし」

「ねえ、早く行こうよ」

待ちきれない様子の棗の声に促され、動き出す。

ふと教室内に目を向けた瀬那は、こちらを見る漆黒の瞳《ひとみ》にわずかに動きを止めた。

また枢と目が合った。

決して遠くない彼との距離。

いつもの気のせいではなく、彼がこちらを見ていたのは確かだ。

けれど教室の入口で騒いでいたから目を向けただけなのか、それとも……。

教室という枢と同じ空間にいるようになったものの、瀬那が枢と話したことはこれまで通り一度もない。

距離が近くなった分、あまり見るのもなんだと思った瀬那は、枢の方を見なくなった。

そのせいか、目が合ったと感じることも少なくなった。

だが、これが彼との正しい距離感。

それが、覆されたのは翌日のことだった。


昼休みを知らせるチャイムの音が鳴り、それと同時に授業が終わる。

先生が教室を出て行くと、生徒たちが一斉に動き出した。

瀬那もお弁当が入った小さなバッグと水筒を持ち、教室の後ろのロッカーから一冊の本とハーフケットを取り出すと、教室を出ていつもの場所へ向かった。

人気《ひとけ》のない非常階段。

そこがいつも瀬那が昼休みを過ごしている所だ。

この人の来ない寂しい非常階段で昼食を取り、あまった時間で本を読むのが瀬那の日課。

時々美玲や翔や棗と生徒会室で会話を楽しみながら食べたりすることもあるのだが、この誰にも邪魔されない静かな非常階段でゆっくりと食べるのが好きだった。

階段の段差に腰を下ろす。

踊り場からは裏庭が見え、そこから入ってくる外の風はもう春だというのにまだ肌寒い。

用意していたハーフケットを膝《ひざ》にかけ、寒さを凌《しの》ぐ。

お弁当箱を開け、静かな食事を始める。

「いただきます」

本を読みながらお弁当を口に運ぶ。

少し行儀が悪いが、他に誰もいないので文句を言われることもない。

そう思っていたが、瀬那がいるより階下からギィッと扉の開く音が聞こえてきた。

この非常階段には昼休みに近付かないようにと親衛隊が周知している。

きっとまだ掟《おきて》のことを知らない新入生でも入ってきたのだろう。

親衛隊が立ち入り禁止と言っているが、瀬那自身は別にこの非常階段を私物化している気はない。

周りが気をきかせてくれているだけで、通るなら自由に通ればいいと思っていた。

読書の邪魔さえされなければそれで文句はないのだ。

なので、特に気にすることなく視線を本に戻すと、コツコツと誰かが上がってくる音がする。

瀬那は荷物を置き、階段を占領するように座っている。

こちらに上がってきて横を通るのなら、邪魔になるので場所を空けないといけない。

そう思って荷物を端に寄せた瀬那は、下から上がってきたその人物が姿を見せた瞬間、思わず手に持っていた本を落としかけた。

作られたような美しい容姿と、人を魅了してやまないオーラを発し、なににも無関心のような漆黒の瞳。

一条院枢がそこにいた。

予想外の人物の登場に、息を呑《の》む。

なぜ彼がこんなところにいるのか。

呆然《ぼうぜん》と枢を見ていると、枢と視線が重なった。

これまでのような気のせいかもなどではなく、間違いなく瀬那を見ている。

今までにないほど近い、彼との距離。

瀬那が目をそらせないでいると、先に枢が視線をそらす。

金縛りから解けたようにはっと我に返った瀬那は、枢が通れるように階段の端に寄る。

しかし、枢は足を止めてそれ以上上がっては来ず、踊り場の壁に寄りかかってしまった。

（えっ、ここにいる気!?）

しばらく様子を見ても動く気がないようなのでそうなのだろう。

互いになにかを話すわけではない。

枢は壁に寄りかかりながら外を見たりスマホを確認したりするだけで、ここになにをしに来たのかも分からない。

瀬那は本に視線を落としながらお弁当を食べ始めたが、正直お弁当の味も本の内容も入ってこなかった。

気まずい……。

いや、そう感じているのは瀬那だけかもしれない。

ちらちらと観察した枢の表情にそんな気まずさは微塵《みじん》も感じられなかった。

それからしばらく居続けた枢は、授業の始まる数分前になり、ようやく瀬那の横を通りすぎ非常階段から去って行った。

一言も声を発することなく。

なにをしに来たのかと首を捻《ひね》りながら、瀬那も荷物を持って教室へと戻った。


きっと今日はたまたまだろう。

非常階段に来たい気分だったのだ。

瀬那がそう思っていた翌日。

昨日と同じ非常階段の同じ場所でお弁当を広げていると、また階下の扉が開く音がし、コツコツと誰かが上がってきた。

(いやいや、まさか……)

そんなはずないと瀬那が心の中で否定する中、現れたのは、鉄の掟を知らない一年生などではなく、枢だった。彼は昨日と同じ踊り場の壁によりかかり、なにをするでもなくその場に留《とど》まる。

そうして今日も授業が始まる前になると去っていった。

本当になにがしたいのかさっぱり分からない。

せめて表情からなにか摑《つか》めればいいが、無表情の彼からはなにも察せられず、話しかけてくるでもないため理由も分からない。

枢が瀬那に用があるとも思えないので、ますます謎は深まる。

そして枢が非常階段に来るようになって五日目。

最初は気まずさを感じていたものの、特に会話もなく静かな時間が流れるその空間に瀬那は慣れ始めていた。

そうすると、今度は物事を考える余裕が出てくるというもので、瀬那はこの日初めて枢に話しかけてみることにした。

そう決意したものの、どきどきと心臓が激しく鼓動する。

枢を見ては口を開こうとして、口を閉じ視線を本に落とす。

それを何度か繰り返していると、瀬那の耳に低く落ち着いた声が聞こえてきた。

「なんだ」

はっと顔を上げると、枢がじっとこちらを見ていた。

「えっ？」

「なにか言いたいことがあるんじゃないのか」

まさか先に声をかけてくるとは思わなかった瀬那は激しく動揺した。

「あ……えっと……」

話し出すのを待つ枢に、瀬那は小さく問いかける。

「あの、お昼ご飯……食べないの？」

ここに来るようになってからというもの、昼休みの間ずっとこの非常階段にいる枢。

その間、お昼ご飯を食べている様子はない。

お腹は空《す》かないのだろうか？

問いかけてみたものの、答えは返ってこない。

余計なことを聞いてしまったと後悔していると、枢がこちらへと近付いてきて、瀬那の隣の一段上の階段に腰を下ろした。

手を伸ばせば触れてしまうほど近いその距離感に瀬那は戸惑う。

どういうつもりかと見ていると、枢が手を伸ばしてくる。

その先には瀬那のお弁当箱。

半分ほど減ったお弁当箱から卵焼きを指でつまむと、枢はそのまま口へと運んだ。

食べる姿すら絵になる彼の姿を呆然と見つめる。

食べ終わったらしい枢は、再び手を伸ばしてくる。

そこで瀬那は我に返る。

(え？　なんで私のを食べる⁉　あげるとは言ってないんだけど)

そんな動揺もありつつ、それ以上に気になったのが……。

「あ、あの、これ私が作ったの。だから一条院さんの口には合わないと思うから……」

一条院家の御曹司。

普段から高級な物に慣れているだろう彼の舌に、瀬那が作った庶民の食べ物が合うとは思えない。

しかし。

「問題ない」

そう言って再びお弁当箱に手を伸ばす。

（いや、だからそれ私の……。言える勇気ないけど）

それ程大きくもない一人分のお弁当は、二人で食べればあっという間になくなった。

時間になり立ち上がった枢は……。

「明日《あした》はもっと作ってこい」

そう言って、去って行った。

一拍の後、去り際の言葉を思い出し困惑する。

「えっ、明日も食べるの？　しかも私が作るの？」

当然瀬那しかいないこの場で、答えが返ってくることはない。


翌日の早朝、瀬那はキッチンで頭を抱えていた。

「うーん、言われた通り作るべき？　それとも……」

作ってこいと言われたが、本当に作っていくべきか瀬那は悩んでいた。

あの一条院枢が瀬那の作った物なんかを好き好んで食べるとは思えない。

かと言って、作ってこいと言われたのに作っていかなかった時の方が怖い気がする。

やはりここは作っていくべきか。

「よし、やるか」

枢が食べなかったら二人分食べればいい。

そう考え、瀬那は作業に取りかかった。

そうしてできあがった料理をお弁当箱に詰めていく。

お弁当箱を二つ用意するか、大きいのを一つ用意するか迷ったが、なにを食べるか分からないので、好きにつまめるように大きいお弁当箱に詰めていく。

そうして完成したお弁当を持って、学校へと向かった。

「瀬那ちゃん、おはよう」

教室に入ると、早速美玲が声をかけてきた。

「おはよう、美玲」

「瀬那ちゃん、あれ見て」

美玲がちらっと見た方向を釣られて見ると、そこには愛菜がいる。

普段そばにはいない女子生徒と共に楽しそうにおしゃべりをしているようだ。

別に普通の女子高生ならばそんな光景はなんらおかしいことではない。

けれど、愛菜は枢たちと行動を共にしているせいで、女子生徒からは嫌われて……

あるいは遠巻きにされており、彼女と仲良く会話する女子生徒はいない。

それが、今日は一人の女子生徒と一緒にいる。

「瀬那ちゃんをあきらめて次の子を見つけたみたい」

「私的には助かるけど、相手は小林《こばやし》さんか……」

小林さんはクラスでも大人しくて目立たない子だ。

以前は花巻《はなまき》という女子の派手なグループにいたのだが、最近なにか諍《いさか》いが起きてそのグループから外されたようだ。

喧嘩《けんか》したというより、花巻側が一方的に小林さんとの関係を絶ったという感じだった。

元々見た目も派手な花巻グループに、大人しい小林さんがいるのは違和感があったので、小林さん的にはほっとしているのかもしれない。

だが、今度は愛菜に目を付けられる結果となったのだから、彼女も災難だとしか言えない。

「まあ、小林さん自身が問題ないならいいと思うけど」

「そうだね。楽しそうに話してるようだし、新庄さんの方が花巻さんたちよりはまだ話しやすいんじゃない？」

派手で少し言動がきつい印象の花巻よりは、空気が読めない天然な愛菜の方が、まだ大人しい人には話がしやすいかもしれない。

小林さんの様子を見ている限り、嫌がってはいなそうだ。少々愛菜の勢いに困惑しているようには見えるが、時折笑みを浮かべている。

「でもさ、相手はあの新庄さんだよ。なに事もなければいいけどね」

などと、美玲が不穏なことを言う。

心配ではあるが、これで愛菜が近付いてこなくなるなら万々歳だ。

ようやく静かな生活に戻れると、瀬那は密《ひそ》かに喜んだ。

「そうだ、瀬那ちゃん。今日は久しぶりにお昼一緒に食べる？」

「ああ、えっと」

確かにここ最近、美玲とお昼を食べていなかった。

けれどいつもより多めに作ってきたお弁当を思い出す。

「ごめんね。本が丁度いいところなの。また今度誘って」

「そうなの、残念」

瀬那は残念そうにする美玲に心の中で謝った。

そして迎えた昼休み。

いつもより大きなお弁当箱を持って非常階段へと向かう。

いつもの定位置に腰を下ろして少しすると、ここ数日と同じように枢が非常階段を上がってきた。

いつもは踊り場の壁に寄りかかっている彼だが、今日はそこを通り過ぎ瀬那の隣に腰を下ろす。

本当に食べる気なのか。

緊張気味にお弁当箱を開け、おずおずと割り箸《ばし》を差し出す。

「あの、これ……」

無言で受け取った枢は、箸を割るとお弁当に手をつけた。

目の前で自分が作った料理を食べる枢を観察する。

味は大丈夫か表情を窺《うかが》うが、やはり微塵《みじん》も動かない彼の表情からはなにも分からない。

ここは思い切って聞いてみる。

「味、大丈夫？」

すると、「ああ」と簡単な一言が返ってきた。

瀬那はほっとすると同時に、なんだか不思議な気持ちになった。

あの一条院枢が自分の作ったお弁当を食べているのだから当然だ。

ファンの子ならば卒倒しているに違いない。

その後は特にお互いなにかを話すことも視線を合わせることもない。

瀬那もいつも通り本を読みながらお弁当を食べていく。

だが、最初に感じたような気まずさはまったくなかった。

そんな昼休みを送るようになった日以降、あんなにしつこかった愛菜はすっかり近付いてこなくなった。

美玲に助けてもらう必要もなくなり、よかったと瀬那が安堵《あんど》していたのは数日だけ。

今、瀬那のクラスの雰囲気は最悪だった。

愛菜が、花巻たちのグループから離れ一人で行動することが多くなった小林さんに目をつけ、話しかけるようになったまでは問題ない。

小林さんも話し相手がいることで、一人でいる居心地の悪さを感じずにすんでいたようだから。

問題はその後。

愛菜は仲良くなった小林さんを枢たちのところに連れて行き、そこで話をするようになったのだ。

仲のいい子を紹介するためだろうが、愛菜は後のことを一切考えていなかった。

一条院枢や和泉瑠衣、神宮寺総司と関わり合いになりたいと思う者は大勢いる。

だが、近寄りがたい雰囲気を常に発している枢により、それは中々できることではなかった。

そんな中、クラスでも目立たない小林さんが突然枢たちに関わるようになれば、それに嫉妬《しっと》する女子たちが出てくるのは必然だ。

顕著なのが、以前小林さんと行動していた花巻グループである。

派手で目立つ花巻たちが、正反対の印象を持つ小林さんを下に見ているのは誰の目にも明らかだった。

そんな小林さんが、枢たちと関わるようになったことが花巻たちは許せなかったのだろう。

最初は誰にも気付かれることなく、けれど次第に目立つように小林さんを虐《いじ》めだした。

同じく枢たちと関わる愛菜だが、総司と幼馴染《おさななじ》みということもあり、彼女になにかすれば彼らがどう動くか分からない。

少なくとも総司は動くと思われた。

だから彼女を気に食わないと思いつつもなにもしない。

そんな愛菜への嫉妬の思いも重なり、矛先が小林さんへと向かったのだ。

今では隠すことなく小林さんを虐めている。

彼女を見てはクスクスと笑う。わざとぶつかり、謝れと因縁をつける。

掃除などの雑用を小林さんに押しつけるなど、最初は激しいものではなかった。いや、もちろんそれだけで十分に問題なのだが、とうとう持ち物を壊すなど、手を出し始めた。

そして、それを見た愛菜が、花巻たちに怒鳴り込んだのだ。

「どういうことなの⁉　小林さんに謝ってよ‼」

愛菜の手には、赤いマジックで内容が分からないほど落書きされた教科書や体操着がある。

「えー、なに？　なんのことか分かんない」

愛菜に怒鳴られている花巻はにやついた笑みを浮かべとぼけてみせた。

「あなたたちがやったんでしょう！　分かってるんだから」

愛菜が激しく詰め寄ると、花巻は目をつり上げる。

「えーなにそれ。証拠は？　私たちがやったって証拠はあるの？」

その現場を見ている者も実際にいるのに、その表情には余裕すらあった。

証拠を問われて愛菜はたじろぐ。

「ないけど……。あなたたちがやったのは分かってるんだから。最近小林さんを虐めてるじゃない」

「あはは っ、証拠もないのに言いがかりは止めてよ。ねえ、小林さん、私たち虐めてい。


なんていないわよねぇ」

「えっ、その……それは……」

花巻が小林さんに視線を移すと、小林さんはびくりと体を震わせ視線を彷徨《さまよ》わせる。あんな般若《はんにゃ》のような顔で睨《にら》まれたら、大人しい小林さんが太刀打ちできるはずがない。

小林さんは否定も肯定もできず顔を俯《うつむ》かせた。

そんなやり取りを、クラスメイトは傍観しているだけ。

花巻に目を付けられたくないのは皆一緒なのだ。

ただ、瀬那だけは他とは違う強い眼差《まなざ》しで見つめていた。

その間にも二人の口論は続く。

「こんな卑怯《ひきよう》なまねするなんて最低よ！」

「だからぁ、私がやったって証拠を出してから言いなさいよ。証拠もないのに言いがかりつけるあんたの方が最低じゃない」

花巻たちグループがやったのは誰の目にも明らかだが、確かに証拠がなければ言い逃れされておしまいだ。

押し問答が続くかと思ったが、愛菜はなにを思ったのか枢のところへ向かった。

「枢君、お願い。証拠を見つけて。小林さんを助けてあげたいの」

ざわりと教室が揺れる。

枢が出てきてはさすがの花巻も勝てない。

花巻たちは目に見えて焦りの表情を浮かべる。

しかし、愛菜を見た枢は、次の瞬間には興味を失ったとばかりに愛菜から目を離した。

「枢君！」

愛菜が必死で呼びかけるも、枢はもう視線すら向けない。

「枢君、お願い!!」

「うるせぇ」

ようやく返事をしたと思えば、それは恐ろしく低い声色で。

教室内にぴりりとした空気が流れる。

「助けたきゃ自分で助けろ。なんで俺が助けなきゃいけない？」

「だって、小林さんは私の友達だから」

「だからなんだ、俺となんの関係がある」

目の前でいじめが起こり、それを正す力がありながらも残酷なまでに切って捨てる枢に、誰も声が出せない。

「でも、枢君！」

「瑠衣」

ただ名前を呼んだだけ。

けれどそれだけで瑠衣は枢がなにを言いたいのか理解したようだ。

「はいはい」

やれやれと言わんばかりに枢の前に立つ愛菜の腕を引っ張ると、花巻たちのところへ行く。

「愛菜が迷惑をかけたようで悪かったね」

そう花巻に謝る瑠衣に、愛菜は信じられないといった表情を浮かべる。

「瑠衣君、なんでこんな人に謝るの⁉」

「いいから黙ってな、愛菜。これ以上、枢を不機嫌にさせたくないだろう？」

押し黙る愛菜を一瞥《いちべつ》し、瑠衣は再び花巻へと視線を向ける。

「愛菜にはよく言ってきかせるから、それで許してくれるかな？」

「いえ、そんな」

にっこりと紳士的な微笑みを浮かべる瑠衣に、満更でもないのか花巻たちは頬を染める。

「でもね、あの通り、大騒ぎされて枢の機嫌はとっても悪いんだ。騒がしいのは好きじゃないからね。だから、静かにしてくれる？」

「は、はい、もちろんです！」

「分かってくれて嬉《うれ》しいよ」

再びにっこりとした瑠衣の笑顔に、花巻たちは見惚《みと》れている。

今は誰もが瑠衣に釘付《くぎづ》けとなっていて、思考が働いていない。

だが、じきに気付くだろう。

瑠衣は静かにしろとは言ったが、いじめをやめろとは一言も言っていないということに。

「悪化するかもね」

美玲がぼそりとつぶやいた。

「美玲も気付いた？」

「もちろん。残酷っていうか、ほんと他人には興味ないんでしょうね。和泉さんもそれを止めないし。でも、まあ、一条院様が口を出したら出したでさらに陰で陰湿になるんでしょうけど」

「確かに。普段誰にも手を貸さない人が助けたりなんかしたら花巻さん以外からも攻撃されそう。その点では一条院さんの選択は正しいけど、小林さんこれからまずいんじゃない？」

瑠衣の言葉の意味。

静かにしてさえいればいじめていても干渉しないとも取れる。

「多分ね。そうだってのに、あの女ときたら普通に喜んでるわ」

美玲は忌まわしそうに顔をそちらに向ける。

愛菜を見ると、瑠衣が止めてくれたと素直に喜びを顕《あら》わにしていた。

その言葉の残酷さに気付きもしないで。

けれど、先程の行動の意味を枢が予想できないと思えない。瀬那や美玲でも、すぐに気がついたのだから。

やはり噂通りに冷酷な人なのだろうか。

瀬那は枢に思いをはせるも、昼休みに会う彼は、そんな人とはどうしても思えなかった。

けれど、やはりどこか期待していたところもあって、なにもしなかった枢に、瀬那は少しがっかりした。


そうして、やはりというか、翌日からいじめが悪化した。

枢がいじめを容認したともとれる発言のせいで、クラス内でいじめを止めようとする者は皆無となってしまった。

以前であれば花巻に目を付けられない程度に助けに入っていた者もいたのだが、それすらいなくなった。

騒ぎを起こすなという瑠衣の言葉を聞き、花巻たちは小林さんを自分たちのグループに戻し、愛菜と離した。

そうやって愛菜にいじめを気付かれないようにし、愛菜が騒ぐことを抑えた。

愛菜がいる時は気付かれないように、いない時になればあからさまないじめをする。

そんな光景を見ているはずの枢たちはなにも言わない。

愛菜から離れたことで、もう小林さんは枢たちとは関わっていないのに、それでもいじめは止まらなかった。

最初は嫉妬《しっと》心だったのだろうが、今では理由すらなくなっている。

そもそも枢たちと関わるのが許せないというなら、自分で話しかければいいのだ。

それができないくせに文句を言うのはお門違いである。

せめて心の中でむかつくと思うだけに止めておけばいいのに。

そもそも、そういう低レベルな行いが瀬那は好きではない。

伝家の宝刀のように何度となく抜いてくる『証拠』という言葉。

(証拠、ね。こういう時は……新聞部か)

瀬那は密《ひそ》かに頭の中で計画を練り始めた。

それから数日後のこと。

花巻たちに囲まれ、小林さんはまるでピエロのようなヘンテコなメイクと髪型を強制されている。

それを見てげらげらと笑ってスマホのカメラを向けている花巻たちはとても下品だ。

瀬那は悠然と椅子から立ち上がり、彼女たちの下へ行くと、机の上に載った化粧品を派手に手で振り払った。

激しい音が教室内に響き渡り、騒がしかった教室内はしんと静まり返る。

視線が一気に瀬那に集まった。

「ちょっと、なによ、神崎さん。化粧品散らばったじゃない。弁償してよね」

そんな文句を言ってくる花巻を無視し、瀬那は小林さんの腕を掴《つか》んで歩き出した。

「ちょっと、神崎さん、なにすんのよ!」

無言で小林さんの机に向かうと、中から教科書など取り出す。

ぼろぼろになった教科書やノートに一瞬眉《まゆ》をひそめつつ、一冊一冊スマホで写真を撮っていく。

すべて撮り終えると、瀬那は小林さんを椅子に座らせる。

「誰かメイク落とし持ってない?」

瀬那が周囲にいた子に問いかけると、メイク落としを持っていた子たちが、私も私もとたくさん集まってきた。

自分から動き出す勇気はなかったが、誰かが止めてくれるのを待っていたのだろう。

シート状のメイク落としを小林さんに渡す。

「これで顔拭《ふ》いて」

「あ、ありがとう」

ぽろぽろと涙を流す小林さんはメイクのせいでさらに酷《ひど》い顔になっている。そんな彼女の髪をほどき、櫛《くし》で梳《と》かしていると、花巻が鬼の形相でやってきた。

「どういうつもり⁉」

瀬那はスマホを取り出し、ぎゃんぎゃんとうるさい花巻に向かって動画を再生した。

そこには人気《ひとけ》のない教室内で、小林さんの教科書に悪戯《いたずら》をしている花巻たちが映っていた。

「証拠があればいいのよね？」

彼女たちは途端に言葉を失い、顔色が悪くなっていく。

「この動画、どうするのがいいと思う？　動画サイトにアップする？　それともマスコミにでも送ってあげよっか？　有名進学校で起きた陰湿ないじめ。絶対飛びつくと思うんだけどなぁ。花巻さんたちは目立ちたくてこんなことしてるんでしょう？　きっとすぐに時の人になれると思うよ」

こんなものが公になったら退学は免れない。

いや、きっとそれだけでは済まないだろう。

このネット社会。名前も自宅も特定され、社会的に制裁が与えられるのは確実だ。

花巻たちは、血の気が引くように顔を強張《こわば》らせた。

「や、止《や》めて！」

「じゃあ、今後小林さんには手を出さないって誓える？」

「……分かった。分かったから！」

瀬那は焦りを滲《にじ》ませる花巻を冷たく一瞥《いちべつ》してから、小林さんに問う。

「小林さんはどうする？　警察に行くこともできるよ。だって、他人の物を壊すなんて立派な犯罪に当たるんだから」

警察と聞いて分かりやすく花巻たちがびくりとする。

「もうこんなことされずにすむならそれでいい……」

大人しく気の弱い小林さんは罰を求めなかった。

これが美玲ならば弁護士も介入させて徹底抗戦するだろうに。

恐らく瀬那でもそうする。

ここで許すのは少し癪《しゃく》に障るが、瀬那は小林さんの意思を尊重することにした。

「そう、ならいいけど。でも汚された教科書や体操着とかは弁償してもらった方がいいよ。もちろん、弁償するよね？　ちゃんと破いた証拠写真も撮っといたから」

瀬那が彼女たちを睨《にら》むと、小さな声で「はい」と答えた。

まるで全面降伏を告げるような小さな声だったが、息を殺して聞き耳を立てていた周囲にもしっかりと聞こえていた。

その途端、周囲から男女共に歓声が上がった。

「おお、すっげぇ神崎さん」

「俺、惚《ほ》れた」

「神崎さんかっこいい」

花巻たちは居心地が悪くなったのか、そそくさと教室から出て行った。

「これだけ言っとけば大丈夫だと思うけど、またなにかあったら言って」

「本当にありがとう」

綺麗《きれい》になった顔で、再び涙を流す小林さんをなだめ、ふと瀬那が枢に視線を向けると、微《かす》かに枢が笑ったように見えて、心臓がドキリとした。

きっと見間違いだろうと瀬那は思い直す。

そんな事件があった次の休み時間、どこから聞き付けてきたのか、話を聞いた翔がわざわざ教室にやって来た。

「俺も見たかったな、瀬那の勇姿」

「茶化さないでよ」

ニヤニヤとしている翔は完全に面白がっている。

そんな翔に同意したのは美玲だ。

「私も見たかったー」

と、悔しがる美玲に、翔がツッコむ。

「いや、お前はなんでいないんだよ。ていうか、副会長がいながらクラスでいじめが横行してるってどうなんだよ」

「仕方がないじゃない。花巻さんたちも私の前で虐《いじ》めるのはまずいって分かってるのか、私がいる時には絶対にしないんだもん」

花巻たちは絶対に美玲の前では小林さんに手を出さなかった。

美玲がいたら絶対に止めに入るだろうし、副会長であり、親衛隊もいる美玲には敵《かな》わないと分かっていたのだろう。

枢たちが黙認していた以上、止められるのは親衛隊というバックがついている美玲か瀬那だけだった。

彼女たちは美玲の前では尻尾《しっぽ》を出さない。

けれど、瀬那の前では普通にいじめを行っていた。

きっとクラスメイトとも積極的に交流しなかった瀬那は、介入してこないと思ったのだろう。

「まさか瀬那が動くとはねえ。大丈夫なのか？　一条院たちは黙認してたんだろう？いじめを止めたりしたらなにかしてこないか？」

翔が心配そうにするが、瀬那は落ち着いていた。

「それは大丈夫と思う。和泉さんが言ってたのは静かにしろってことだけだもん。静かにしてたらいじめをしようが、いじめを止めようがどうでもいいと思う」

「それならいいが、なにかあったら言いにこいよ」

「うん、ありがとう」

生徒会長が味方にいるなら心強いと、瀬那はにこりと微笑んだ。

「それはそうと、さっき見せてもらった証拠のあの動画ってどうやって撮ったの？隠し撮りみたいだったけど」

美玲が素朴な疑問を口にする。

「ああ、あれは新聞部の部長さんに相談したの」

「なるほど」

それだけで美玲と翔は納得したようだった。

新聞部の部長は瀬那の親衛隊に加入している。

部員の中にも親衛隊に入っている人がいたので、証拠を撮りたいと瀬那が相談したら快く引き受けてくれたのだ。

滅多にない瀬那からのお願いだ。部員は興奮を抑えきれない様子で気合いを入れていた。

「そうそう、忘れるところだった。美玲、こっち向いて」

「なに？」

「はい、笑って」

モデルの性《さが》か、言われた通り完璧《かんぺき》な笑みを浮かべた美玲をスマホでパシャリと撮影する。

「えっ、なに、瀬那ちゃん？」

「新聞部の部長さんにね、今回の報酬として美玲と私の写真を送ることになってるのよ」

続いて瀬那は自分の写真も撮ると、それを新聞部の部長に送信した。

「酷《ひど》い瀬那ちゃん、私を売ったのね」

「美玲は副会長でしょう。いじめ撲滅のためよ、生徒に奉仕しないと」

「うう～」

そう言われては美玲も文句が言えないようだ。写真一枚でいじめがなくなるなら安いものなのだから。

結局枢はなにも動かなかった。

花巻たちに対しても、彼女たちを断罪した瀬那に対しても。

それだけ興味がないということなのだろうか。

正直それはそれでどうなのかと瀬那は思わなくもない。

直接枢が悪いわけではないが、いつも一緒にいる愛菜が原因だったのだから、それなりの対応はしてほしかったと思うのだった。

枢が感情を揺らすことはあるのだろうか……。

その姿が想像できず、すぐに考えることはやめた。

そんな日の昼休みも、いつものように枢とお昼ご飯を食べていた。

やはりそこに会話はない。

だが、気まずい空気は一切なく、むしろ居心地良く感じるのは、慣れもあるかもしれないが、枢から発せられる独特の空気感のおかげかもしれない。

少し前までは考えもしなかった、枢とのこのお昼の一時。

ゆったりとした時間が流れる中、本を読んでいると、髪の毛を軽く誰かに引っ張られた。

誰かなど決まっている。

ここには瀬那と枢しかいないのだから。

横を見ると、枢が瀬那の髪を一房手に取り指で弄《もてあそ》んでいた。

漆黒の瞳《ひとみ》がじっと自分を見つめていて、瀬那は内心激しく動揺する。

「な、なに？」

「大人しいと思ったが、案外怖いんだな」

「へっ？」

一瞬なんのことを言われているのか分からなかった。

「今日のことだ」

その言葉で、今日花巻たちに啖呵《たんか》を切ったことだと分かり、頬が熱くなる。

「だってあれはっ。そもそもあなたが最初から対処してれば私だってあんなことしなかったもの！」

今さら蒸し返されると、キレた自分がなんだか恥ずかしくなってきた。

恥ずかしさのあまり声を荒らげてしまったが、相手が枢であることを思い出した瀬那は失敗したと思う。

逆に睨《にら》まれると思って身構えたけれど、枢は笑っていた。

口角を上げて、小さくくっくっと声を殺して。

初めて見た枢の笑顔を、瀬那は時が止まったように見つめる。

「俺も気をつけたほうがよさそうだ」

からかうようなその言い方に瀬那はムッとする。

「人を凶暴みたいに言わないで！」

また小さく笑う彼の顔に見惚《みと》れてしまい、瀬那は枢が手に髪をくるくると絡ませるのを咎《とが》めるタイミングを逃《の》がしてしまった。

2章

眠い目をこすりながらベッドから起き上がり、瀬那はお弁当を作るためにキッチンへ向かう。

今日のお弁当はサンドイッチの予定だ。

ハムに卵や、生クリームをたっぷり塗ったフルーツサンドをせっせと作っていく。

それができあがった頃……。

「おはよう、瀬那」

「おはよう、お兄ちゃん」

瀬那の兄、神崎歩《あゆむ》が起きてきた。

瀬那より十二歳年上の兄は、学生時代に興した会社が大成功を収め、経済誌からも取材される青年実業家だ。

瀬那は両親と離れ、ここで兄と二人暮らしをしている。

「おっ、今日はサンドイッチか、うまそうだな」

「朝食はちょっと待ってね。今すぐ作るから」

「それはいいけどさ、そのサンドイッチなんか多くないか？」

目ざとい歩に、瀬那の心臓はどきりとする。

「それ瀬那の弁当箱だろ？　一人で食べるにしては多すぎないか」

「美玲にもお裾《すそ》分《わ》けするの」

「おお、そっか」

疑うことなく納得してくれたようで瀬那はほっとする。

歩も、まさかあの一条院家の御曹司に食べさせるためとは思いもしないだろう。

枢とお昼ご飯を食べていることは、美玲にも言っていない。

決してやましいことはないはずなのだが、なんとなく言いづらかった。

「そうだ、瀬那。ゴールデンウィークの日曜日、予定空けといてくれ」

「いいけど、なにかあるの？」

「パーティーがあるんだ。あの一条院家主催のな」

一条院と聞いた瞬間、枢の顔が脳裏をよぎり、ドキリとする。

「そんなの急に言われても、なに着ていっていいかも分かんないのに」

一条院家主催のパーティーだ。

訪れる人もきっと一流の人たちだろう。

瀬那は自分が浮かないか心配する。

「それはこっちで手配するから、瀬那は俺に付き添ってくれるだけでいいよ」

「私マナーとかも分かんないよ？」

「大丈夫、大丈夫。俺の横で笑っといてくれればそれでいいからさ。パートナー必須《ひっす》って言われてるんだよ。な、頼むよ」

目の前で手を合わせる歩に仕方がないと息を吐く。

「分かった。その代わりちゃんとフォローしてよね」

「もちろん。サンキュー瀬那ちゃーん」

「気持ち悪い」

猫なで声を出す歩を冷たく一瞥《いちべつ》し、朝食の準備に取りかかる。

一条院家主催のパーティーということは、枢も出席する可能性が高い。

もしかしたら美玲も出席するかもしれないという考えに至る。

有名ブランドの社長令嬢である美玲ならば、呼ばれている可能性は大いにあるはずだ。

知り合いがいると思うと瀬那も少し安心だった。

「美玲に聞いてみよ」

そして登校した瀬那は、早速教室内を見回し美玲を捜す。

すでに来ていた美玲はすぐに見つかったが、なにやら教室内が騒然としていた。

「おはよう、美玲」

「あっ、おはよう瀬那ちゃん」

「なにかあったの？　なんだかいつもより騒がしい気がするんだけど」

「大事件だよ、瀬那ちゃん。新入生が、一条院様に喧嘩《けんか》売ったらしいの」

瀬那は耳を疑った。

朝からなんの冗談かと思ったが、美玲の顔は真剣そのもの。

「自殺志願者？」

あの天下の一条院の御曹司である枢に喧嘩を売るなんて、そうとしか思えない。

これだけ噂になっているのだから実際に目にした者がいるのだろう。

「そう思うよね。私もその現場は見てないんだけど、登校してきた一条院様に、新入生三人が、でかい顔をしてられるのは家の力があるおかげだとか、お前の力じゃないとか、いい気になるなとか暴言吐いたんだって」

「それでその三人どうなったの？　まさか海に沈められてないよね？」

「そのまま無視されたみたい」

「あまりの馬鹿さに相手にもされなかったのね」

確かに枢はそういう面倒臭そうな者の相手はしたがらなそうだと瀬那は納得した。

「一条院様は相手にしなかっただけなんだろうけど、その一年生は一条院様が怖がって逃げたとか腰抜けとか言いふらしてるみたい」

馬鹿なのか、その新入生は。

いや、馬鹿だから一条院枢に喧嘩を売ったのだろう。

瀬那はその一年生が心配になってきた。

「それかなりまずいんじゃゃない？　一条院さんがなにもしなくても、ノワールのメンバーがトップを馬鹿にされて黙ってると思えないけど……」

「だよねぇ。本人たちは気付いてるのかいないのか。近いうちに痛い目見るだろうね」

ノワールのメンバーには一条院枢に心酔している者が多い。

その枢を馬鹿にされて黙っているとは思えなかった。

その一年生はただではすまないだろうと、クラスではその話題で持ちきりだ。

しばらくすると、枢に加え、いつも一緒にいる瑠衣と総司がそろって入ってきた。

途端、ピリッとした空気が流れる。

よくも悪くも枢がいると空気が変わる。

その場を自分の空間へと変えてしまうその力に、多くの人が惹《ひ》かれるのだろう。

朝から喧嘩を売られたようだが、枢はいつも通りに見える。

不機嫌そうという感じでもなくて、教室内の誰もがほっと安堵《あんど》した。

朝の新入生のせいで機嫌が悪くなっていたりでもしたら、どんな被害がこちらにくるかわかったものではない。

だが、暴言を吐かれても無視したことだし、新入生のことは眼中になさそうだ。

「枢、あの新入生たちどうするの？」

「ほっとけ」

「了解」

枢と瑠衣のそんなやり取りが聞こえてくる。

「えー、久しぶりに暴れられると思ったのに」

総司だけは残念そうにしていた。


一条院枢が放置という選択をとったことで、それがノワールの決定となったのか、新入生たちが闇討ちにあったという情報はまだ入ってきておらず、会ったこともない相手なのに瀬那は少し安心した。

このままなにもないことを祈るばかりだ。

しかし、四時間目の移動教室で廊下を歩いていると、枢の前に立ち塞《ふさ》がるようにして新入生が三人現れた。

その姿は大いに周囲の目を引いている。

「ねぇ、美玲、あれって」

「例の喧嘩を売った新入生たちだよ」

枢の行く手を遮るとはなにを考えているのか。

怖い物知らずな新入生三人を、他の生徒たちが固唾《かたず》をのんで見守る。

「俺と勝負しろ、一条院枢！　俺に負けたらこの学校のトップは俺のものだ！」

声高々にまるで道場破りのような宣言をしたのは、三人の中で一番体格のいい男の子だった。

「あいつ馬鹿ね」

美玲のあきれを含んだ冷た過ぎる言葉が耳に入ってくる。

だが、瀬那も否定はしない。

新入生が言うように、この学校で権力も権限も持っているのは間違いなく枢だろう。

しかし、それは彼が望んだというわけでなく、周囲が彼という存在に惹かれてやまないだけ。

言わば、枢の持つ魅力に集うのだ。

その魅力が目の前の新入生にあるとは思えない。

いくら枢に勝ったとしても、枢が王者であることに変わりはないのだ。

喧嘩を売るだけ無駄である。

そこで、ふと瀬那は思う。

「一条院さんって喧嘩できるの？」

「さあ、喧嘩したところなんて見たことないから分からないけど、強いんじゃないかな？　一条院家の御曹司ともなれば、身を守るために護身術とか学んでるでしょうから」

「それもそっか」

枢は新入生を前にしても無反応だ。

本当に興味がないのだろうなと思う。

なり行きを見守っていると、まったく反応を示さない枢に焦《じ》れたのか、はたまた怒ったのか、新入生の一人が拳《こぶし》を握り枢に殴りかかった。

「うおぉぉぉ」

周囲ははっと息をのむ。

しかし当の枢は慌てた様子もなく、その拳を横にそれてかわし、その流れで膝《ひざ》を新入生の腹部に叩《たた》き込んだ。

「うぐぁ」

新入生は体をくの字に曲げ、呻《うめ》き声をあげて廊下に倒れ込む。

「うわっ、瞬殺」

美玲が痛そうに顔を歪《ゆが》める。

見事に膝蹴《ひざげ》りが決まった。

新入生が弱いのか枢が強かったのかは分からないが、新入生は動けないようで、他の二人が慌てて駆け寄る。

枢は廊下に転がる新入生を一瞥《いちべつ》すると、興味をなくしたように視線をそらした。

そして、枢はもと来た廊下を戻り始める。

「枢どこ行くの？」

「サボる」

瑠衣の呼びかけに簡単に返し、枢はどこかへ行ってしまった。

残されたのは枢の強さに大騒ぎする生徒と、廊下に倒れる新入生の姿だった。


枢がいないまま四時間目が終わり昼休みになった。

瀬那はお弁当を持って非常階段に向かったが、果たして枢は来るだろうか。

もし来なかった場合、このたくさんあるサンドイッチはどうしようか。

悩みつつ非常階段に向かえば、そこにはすでに階段に座り込む枢の背中が見えた。

「よかった」

そうつぶやくと、枢が振り返った。

「なにがだ」

返事があると思わず、瀬那を見上げる黒い瞳《ひとみ》と視線が合い、一瞬言葉に詰まる。

「どこか行ったみたいだから、ここに来るのか分からなくて。そうしたらお弁当食べきれないから、いてくれてよかったなって」

「そうか」

枢の隣に座り込むと、お弁当を広げる。

「今日はサンドイッチなの。スープもあるんだけど飲む？」

「ああ」

パンにはスープだと、いつもはお茶を入れている水筒に温かいコンソメスープを入れてきていた。

紙コップを取り出し、注いで枢のそばに置く。

「いただきます」

そう挨拶《あいさつ》すると、枢はたくさんある中から生クリームたっぷりのフルーツサンドを先に手に取った。

もしかして甘いものが好きなのかなと、瀬那はあの一条院枢の意外な一面を見た気がして少し嬉《うれ》しくなった。

「そうだ、ゴールデンウィークに一条院家主催のパーティーがあるんだよね？　どんな感じなの？」

一条院家主催という大きなパーティーに不安を感じたが、ここに主催者の一族がいるじゃないと思い出した瀬那は、心構えをするために問いかけてみた。

「どうして知りたい？」

「兄の付き添いでそのパーティーに行くことになったの」

「兄？」

枢が不思議そうにする。

「そう。会社の社長でね、パーティーに呼ばれたみたい。これまで付き添いでパーティーに行く機会は何度かあったんだけど、小さいものだったし。でも一条院家主催なら、きっと大きいパーティーなんでしょう？」

「確かに規模は大きいな」

「やっぱり」

きっと大企業のトップもたくさん来るのだろう。

ますます緊張する。

「一条院さんはパーティーとかって慣れてたりするの？」

「まあな」

「やっぱり。同じ歳なのにすごいね。私なんてお兄ちゃんについて行っても、なにを話したらいいか分かんなくて」

　見知らぬ人ばかりの中に放り込まれるのだから、なにを話したらいいのか分からないのは仕方ない。

　これまではまったく関係のない環境で育ってきたのだから。

「美玲だったら慣れてるのかな。なんたってお嬢様だし。……あ、美玲にパーティー出席するのか聞き忘れてた。一条院さん、美玲が出席するか知ってる？　美玲っていっても分からないか、高坂美玲って服飾ブランドのお嬢様なんだけど……」

　ふいに枢に視線を向けると、彼は瀬那の問いに答えるでもなく頰杖《ほおづえ》をつきながらじっと瀬那を見ていた。

「えっと……なに？」

「今日はよくしゃべるな」

　確かに今日の瀬那はよくしゃべっている。

　いや、『今日は』というより、こんなに話をしたのは初めてかもしれない。

　いつも一言二言ぐらいしか互いに話さないのだから。

「ごめん、うるさかった？」

「いや」

　少し調子に乗ってしゃべりすぎたかもしれない。

機嫌が悪くなっていないかと顔色を窺《うかが》ったが、特にそんな様子もなく、むしろ優しさを感じる眼差《まなざ》しだったので瀬那はほっとする。

「高坂の社長は招待客の中に入っている。おそらく娘も連れて来るだろう。俺が出席するパーティーでは、年頃の娘がいる招待客は必ず連れて来るからな」

「どうして？」

「どいつもこいつも、一条院家と縁続きになりたいからだ」

娘を連れていって、そこで見初められれば玉《たま》の輿《こし》だ。

一縷《いちる》の望みをかけて、目の色を変えて擦り寄ってくるのだろう。

「なるほど。それはまた気の毒な」

肉食獣のような目の女性たちに狙われている枢の姿が頭に浮かび、瀬那はクスクスと笑う。

「一条院の名前以前に、一条院さんは素敵だから、女の子なら誰でも惹《ひ》かれるのよ。皆、一条院さんの恋人になりたくて必死なのね」

一条院家というブランドがなくても、きっと彼の恋人になりたい子はたくさんいるだろう。

モテる男は大変だなと思いながら、瀬那はハム卵のサンドイッチを取り、ぱくりと食べる。

　すると、横から伸びてきた指が瀬那の頬に触れた。

　驚きながら横を向くと、すべてをからめ取るような漆黒の眼差しと重なる。

「お前もか？」

「えっ……？」

「お前も俺に惹かれるのか？」

　その問いにすぐには答えられず……いや、なんと答えたらいいのか分からず、瀬那は自分を見つめる枢の瞳を見つめ返す。

　冗談で返せばいい。

　けれど、その瞳があまりにも真剣で、笑って返すことができなかった。

　沈黙がその場に落ちる。

　その時、手に持っていたサンドイッチの具がスカートの上に落ち、瀬那は我に返った。

「うわっ、きゃ」

　大きく仰《の》け反《ぞ》ったことで、頬に触れていた指はするりと離れる。

　そのことに少しの寂しさと安堵《あんど》がない交ぜになっていることに瀬那は動揺した。

「ティッシュ、ティッシュ」

　バッグからティッシュを取り出し、汚れたスカートを拭《ふ》く。

すぐに拭いたが、少し汚れが残ってしまった。

瀬那は拭いているふりをして、顔を俯《うつむ》かせていた。

きっと今瀬那の顔は赤いだろう。

それを悟られないように、髪で顔を隠しながら下を向いた。

頬のほてりが治まり、ちらりと枢を見たが、何事もなくサンドイッチを食している。

他意はないのかもしれないが、突然頬や髪に触れてくる最近の枢の行動に瀬那は翻弄《ほんろう》されっぱなしだ。

心臓がついてこない。

枢はどういうつもりで触れてくるのだろう。

とまどう瀬那を見て楽しんでいるのか、元々スキンシップが激しいのか。

しかしそんな枢の行いよりも、それをさほど嫌がっていない自分に瀬那はとまどいが隠せない。

恥ずかしさはある。

だが、触れてくる枢の手に嫌悪感はない。

少し前まで言葉すら交わさなかったのが遠い日のことのように思った。

なぜこんな風に食事を一緒に取るようになったのか、いまだに分からない。

だが、瀬那はなんだかんだ、この穏やかで静かな二人の時間を好ましく思っていた。

昼食後、先に教室に戻った枢の後を追うように戻れば、教室の空気はなにやら騒然としていた。

そこには枢と、その前に土下座している三人の男子生徒の姿があった。

それは先程枢に瞬殺されたあの新入生を含む三人だ。

彼らは、床に額を擦《こす》りつけながら大きな声で叫ぶ。

「一条院さん、あなたの強さに惚《ほ》れました！　俺を弟子にしてください！　いや、下僕でもいいです！」

「いいです！」

「です！」

一体あの後彼らになにがあったのか。

枢の顔が若干引きつっていたのは気のせいか。

なんにせよ、枢はやはり男にも人気があるようだ。

＊＊＊

明日《あした》からゴールデンウィークが始まる。

日曜日には一条院家主催のパーティーがあるので、明日はゆっくり家で過ごそうと帰宅した瀬那が考えていると、兄の歩が帰ってきた。

普段夜中の帰りになることも多い歩の、いつもより早い帰宅に驚く。

「瀬那、明日引っ越しするぞー！」

「……は？」

帰ってきて早々になにをほざいているのか。

酔っ払っているのかと訝《いぶか》しげに兄を見る。

しかし、そんな様子もないしお酒の匂いもしない。

「なに言ってるのお兄ちゃん。仕事が忙しすぎて脳みそ沸いた？」

「仕事の忙しさは激ヤバだが、俺はいたって正常だ。前に瀬那がこんな家に住んでみたいって言ってた、高級マンションあるだろ？」

瀬那は一瞬考え込んで、思い出す。

「マンションの中にジムとかプールとかあって、常駐してるコンシェルジュがホテル並みのサービスをしてくれるっていう？」

「あのマンションに引っ越しだぞ」

「マジ？」

「大マジだ。お兄ちゃんは嘘吐かないぞ。あそこなら瀬那の学校にも近くなるし最高だろう？」

最高かと言われたら最高だろうが、瀬那は複雑な顔をする。

「いや、まあ、そうだけど」

最新設備が充実しており、以前にテレビで紹介されていたのを見て、こんな所に住んでみたいなぁとなんの気なしにつぶやいた高級マンション。

でもそれは本気で住みたいとかではなくて、あくまで憧《あこが》れのような現実的ではない話だった。

まさか本当に引っ越しするとは夢にも思っていない。

「そんな高級マンションに引っ越しって、お兄ちゃんお金大丈夫なの？　それが原因で破産なんてしゃれにならないよ」

「お兄ちゃんを舐《な》めるな妹よ。これでも結構稼いでいる。なんせ雑誌にも取り上げられる青年実業家様だぞ」

「大丈夫なら私に文句はないけど、明日引っ越しって急すぎる。全然荷造りなんて間に合わないし」

「業者に任せればいいさ。二人なんだしそれほど荷物も多くないだろ？　業者には連絡してあるから、明日決行だ！」

はぁ、と瀬那はため息をついた。

この家の家賃を払っているのは歩だ。

置いてもらっている瀬那に拒否権はないし、一度言いだしたら聞かない歩になにを言っても止められないだろう。

だとしても、相談ぐらいあってもよかったのではないかと思ってしまう。

あきらめた瀬那は、明日に備えて早々に就寝することにした。


本当に引っ越しするか半信半疑だったのだが、翌日、朝早くから引っ越し業者がやって来て、兄の言葉が冗談ではなかったと知る。

引っ越し業者により順調に荷物は運び出され、なにもなくなりがらんとした室内を見回し感慨深くなった。

すると、歩が慌てたようにやって来る。

「瀬那悪い、急に呼び出された。荷物は運び込まれてるから、先に行っててくれ。これ新しい家の鍵《かぎ》」

歩から鍵を受け取る。

「じゃあ、頼んだぞ」

そう言うと、歩はばたばたと足早に仕事へと出かけていった。

残された瀬那は仕方なく、一人で新しい家へと向かうことにした。

これから住むマンションは以前より学校に近くなる上、コンビニやスーパー、繁華街なども近く、生活の利便がいい。

高級感漂うエントランスを入り、エレベーターへと向かう。

降りてくるエレベーターを静かに待ち、少しすると扉が開いた。

乗り込もうとすると、先に乗っていた人が降りてきた。

その人の顔を見た瞬間、瀬那は動きを止める。

向こうも瀬那に気付き、わずかに、本当に気づかないぐらいわずかに目を見開いた。

「い、一条院さん？」

エレベーターから降りてきたのは枢だった。

普段の制服とは違う、私服の枢。

シンプルなシャツにズボン。不良のトップというならもっと装飾品をごちゃごちゃと着けているのかと思っていたが、質素なほどシンプルだ。

特にブランド物というわけでもなさそうな、ごくごく普通の高校生が着ていそうな服。

だが、それを枢が着ると、一気に高級品に見えてしまうから不思議である。

制服よりも、より魅力的に大人っぽく枢を見せていた。

かなり貴重な姿だろう。

学校の女の子たちが見たら絶叫して騒ぐレベルだ。

唖然《あぜん》としていると、枢の方がいぶかしげに口を開いた。

「ここでなにしてる？」

「あ、あの、今日引っ越してきたの」

そう言うと、枢は驚いたような顔をする。

「このマンションにか？」

「うん、そう。もしかして一条院さんもここに？」

「ああ、ここに住んでる」

「そうなんだ」

それ以上話が続かず、沈黙が落ちる。

枢の方はなにかを考えるように瀬那を見つめているので、瀬那はなんとなく気まずく感じていると、後ろから「枢様」と呼ぶ声が聞こえてきた。

振り返るとスーツを着た男性が枢を待っている。

「じゃあな」

去っていく枢の背中を見送りながら、瀬那は息を吐く。

「驚いた。まさか一条院さんがいるなんて」

しかもこれから同じマンションで暮らすことになるなんて。

今後顔を合わせる機会も増えるかもしれない。

「これは黙ってた方がよさそうかな」

一条院枢の住んでいるマンションなんて知らせたら、毎朝枢を見るためにマンションの前で出待ちする女の子たちが出てきそうだ。

さらに同じマンションだなんて知られたら、いらぬ嫉妬《しっと》を買うかもしれない。

これは絶対に知られるとまずい。

瀬那は不用意に口にしないようにしようと心に誓った。


迎えた日曜日。

一条院家主催のパーティーが行われる日だ。

パーティー自体は夕方からだが、それより前から準備で忙しかった。

まずはパーティーで着る服。

大きなパーティーなので安物は着ていけないと兄の歩が用意したのは、美玲がモデルをしているブランドＲａｙのワンピースだった。

主に十代から二十代の女性をターゲットにした、デザイナーでもある美玲の父親が美玲のために作ったブランドである。

若い女性が買うには高価なブランドではあったが、その人気は高く、限定品などはすぐに売り切れてしまう。

しかし、どうやって手に入れたのか、その限定品のワンピースを歩が持って帰ってきたので驚いた。

人気ブランドのワンピースだけあって、デザインもかわいい。

スカート部分はシンプルながら、胸元と袖《そで》はレースで作られており、成人女性でも違和感なく着られる上品で大人っぽいワンピースだ。

あまり気乗りしないパーティーだったが、このワンピースが手に入っただけでも気分が上がる。

後は髪とメイク。

それは美容室でしてもらうことになっており、歩とはホテルで落ち合うことになった。

美容室で髪をセットしてもらいメイクもバッチリ。

慣れないヒールを履いてホテルに向かうと、歩が待っていた。

「おー、瀬那」

「お待たせ、お兄ちゃん」

歩は瀬那の全身を眺めると、満足そうに頷《うなず》く。

「うんうん、よく似合ってる。さすが俺の妹」

褒められれば瀬那も嬉《うれ》しい。自然と笑みが浮かぶ。

「この服ありがとう。でも、よくＲａｙの限定品なんて買えたね」

忙しい歩に買いに行く暇があったとは思えない。

「とあるコネを使ったんだよ」

「ふーん」

仕事の関係でいろいろと関わりがあるのかもしれない。

「さて、じゃあ、行くぞ」

ホテルの広間を借りて行われているパーティー。

大きなシャンデリアがきらきらと輝いている広間は、そこにいる人々も品があり輝いて見え、入った瞬間自分が場違いであると感じさせられる。

せめて庶民感丸出しは避けようと、胸を張って平静を装った。

「お兄ちゃん、私はどうしたらいいの？」

「いろいろと挨拶《あいさつ》回りするから、瀬那は俺の横にいて、ニコニコしてくれてればいいよ」

「本当にそれだけ？」

「ああ。終わったら食事にしよう。きっとうまいぞ」

テーブルの上には彩りのいい料理がたくさん並べられていて、確かに歩の言うように美味《おい》しそうだ。

「分かった。頑張る」

歩の顔見知りと思われる、どこかの社長や偉い人たちと挨拶や名刺交換をする歩にくっついて回る。

正直瀬那には歩たちの話はまったく分からないので、歩に言われたようにニコニコと笑っているしかできない。

時々隣にいる瀬那に話が振られるが、相手も瀬那に仕事の話をふっても意味はないと思っているので、当たり障りのない世間話が投げかけられるだけだ。

それを適当に返すという作業を延々と繰り返し、やっとひと息つけた時には精神的に疲れ切っていた。

「お兄ちゃん、もういいの？」

笑顔を作りすぎて引きつりそうになる顔で歩に問いかければ、苦笑を浮かべて食事のところまでエスコートされる。

「ああ、助かったよ。後は俺一人で大丈夫だから、好きに食べてていいぞ」

「分かった」

たくさん並べられた料理の数々。

どれから食べようかと迷っていると、「瀬那ちゃん」と聞き慣れた声が聞こえてきて振り返った。

「美玲」

互いににこりと笑みを浮かべて手を振る。

そして、美玲の隣には柔和な笑みを浮かべているダンディな男性がいた。

彼は美玲の父親だ。

正直、社長というよりモデルなのではと思わせるその容姿に、さすが美玲の父親だと納得させられる。

よく美玲の家に泊まりに行く瀬那は彼の顔も知っていたので、軽く会釈して挨拶する。

「やあ、瀬那ちゃん」

「お久しぶりです、高坂さん」

美玲の父は瀬那の服をじっくりと見てから微笑んだ。

「それはうちの商品だね。よく似合っているよ」

「ありがとうございます」

「私が選んだんだもん、当然」

なぜか自慢気に胸を張る美玲に瀬那は首を傾げる。

「美玲が選んだの？　これお兄ちゃんからもらった物なんだけど」

「歩さんから頼まれて、私が瀬那ちゃんに似合う服を厳選したの」

「なるほど、お兄ちゃんが言ってたコネってそういうことね」

美玲の家に泊まりに行くのと同じく、美玲も瀬那の家に時々泊まりに来ていた。

そこで歩とも自然と顔見知りになっている。

服が必要となって、美玲に頼んだのだろう。歩のコネではなく瀬那のコネではないか。

「それにしても、本当によく似合っているよ。瀬那ちゃんもうちの商品を着て、美玲と一緒にモデルをやらないかい？」

「パパそれいい！　瀬那ちゃんと一緒にやりたい！　ねえ、瀬那ちゃん」

「いやいや、私にモデルなんて務まらないから」

瀬那は苦笑しながらそう断るが、やけに高坂親子はその気になっていた。

「かわいい服着て、ちょっと数枚写真撮るだけだよ～。バイト代も出すし、着た服はそのままあげるよ。どう、こんなバイト他にないと思うけど」

「そうそう。瀬那ちゃんなら難しくないって」

ちょっと瀬那の心がぐらりと揺れた時、会場の一角からざわめきが起きた。

「え、なに？」

瀬那は声の方に視線を向ける。

「ああ、一条院様が来たみたいよ、瀬那ちゃん」

会場に入ってくる枢の姿が目に入った。

スーツ姿の枢は、制服の時より一段と大人びて見えた。

大人たちに取り囲まれながらも怯《ひる》むことなく、堂々としている枢。

むしろ、その周りにいる大人の方が枢のまとう雰囲気に呑《の》まれているように見えた。

そんな枢に若い男性が近付いていく。

「ほら、瀬那ちゃん。今一条院様の所に行った人が一条院様のお父様で総帥のご子息の一条院聖夜《せいや》様よ」

美玲が丁寧に教えてくれるが、瀬那は信じられず思わず聞き返した。

「あの人がお父さん!?　若くない？」

近寄りがたい雰囲気を持つ枢と違い、穏やかな笑みを浮かべ紳士的な雰囲気を漂わせている男性。

確かに顔の作りは似ているが、まとう雰囲気は正反対だ。

それに父親というには若く、隣に立つ枢と比べても、親子というより兄弟のようにしか見えない。

「聖夜様はまだ三十代だもの。一条院様は聖夜様が二十歳の時の子供だって」

「それにしたって見た目が若い気がするけど」

「だからこそ、お二人がそろうと眼福よね」

「うちのブランドのモデルをやってくれないかな」

美玲の父親が願望を口にしたが、すかさず美玲に「無理無理」と言われている。

「美玲が枢さんをゲットすればできなくないいんじゃないか？　ちょっと頑張っておいでよ、美玲」

「無茶言わないでよ、パパ。一条院様が私を相手にするわけないじゃない。しかも、あんな女豹《めひょう》の集まる中に飛び込みたくないもの」

一条院親子の下にはわらわらと人が集まっている。

その中には枢と同じ年頃の女の子を連れた親の姿が目立っていた。

女の子たちはおしとやかそうに取り繕っているが、よくよく見れば分かる。

枢を見る目が獲物にロックオンした肉食獣のような目であることを。

あそこに参戦するには相当の勇気と覚悟がいるだろう。

中心にいる枢はよく平然としていられるものだと感心する。

「皆、玉《たま》の輿《こし》に乗ろうと必死みたいね」

瀬那は苦笑するしかない。

「あんな子たちが一条院様に相手にされるわけないのにね」

今日も美玲の毒舌は絶好調だ。

「一条院さんって彼女いないのかな？」

そもそもの疑問が瀬那に浮かんだ。

美玲は少し考えてから、それを否定する。

「多分いないんじゃない？　そんな噂まったく聞かないし。でも中学の時はけっこう遊んでたのよね、一条院様って。毎日女を取っかえ引っかえしてたもの」

中学も同じだった美玲の証言なので、間違いないだろう。

小中高とある一条院学園だが、瀬那は高校から一条院学園に入ったので枢の以前のことは知らない。

だからそんな枢の過去に瀬那は驚きを隠せない。

「へー、意外。今は全然女の子を近寄らせてないのにね」

友人である総司の幼なじみである愛菜は別だが、愛菜だって仲がいいとはとても思えない。

ほとんど無視の姿勢を崩さないのを毎日教室で見ているのだ。

「高校に入って少ししたぐらいかな。急に女遊び止《や》めちゃったのよね。あの時は次を狙ってた女の子たちが残念がってたもの」

「ふーん。なにか心境の変化でもあったのかな」

瀬那に理由が分かろうはずもない。

「もしかして好きな子でもできたんじゃないかって、憶測が飛び交ってたわね」

「でもそれ高校に入ってすぐのことでしょう？　もう三年生じゃない。彼女がいないなら違うんじゃない？」

「いやいや、瀬那ちゃん。フラれたって可能性もあるわよ」

あの一条院枢がフラれる。

考えてみたが、なんともありえない光景だったので想像ができない。

美玲もそうだったのか、「あるわけないっか」と肩をすくめた。

美玲がいたおかげで瀬那もパーティーを楽しく過ごせ、あっと言う間に時間が過ぎた。

パーティーの終盤にかかり、そろそろ帰るか相談しようと歩を捜す。

きょろきょろと辺りを見渡していると、少しお酒に酔っているのか、顔をほんのり赤くした歩を見つけた。

「お兄ちゃん、そろそろ帰る？」

「あー、悪い瀬那。これから二次会に行こうって話になったんだ。お前だけタクシーで先に帰っててくれ」

「いいけど、あんまり飲みすぎたら駄目よ」

「分かってるって」

羽目を外さないか心配しつつ歩と別れる。

帰る前に美玲に別れを告げ、瀬那はタクシーに乗ってマンションへと戻った。

家に帰ると、綺麗《きれい》にセットされた髪を解《ほど》く。

髪が崩れないようにスプレーをたくさん振っていたためゴワゴワしていたので、すぐにお風呂《ふろ》に入ってメイクも髪も綺麗にしてサッパリした。

ほてった体を冷やそうと冷凍庫を開けアイスを探すが、アイスは一つも見つからない。

「あれ、おかしいな。確か買い置きしてたのがあったのに。お兄ちゃんまた勝手に食べたな」

歩が瀬那のおやつを勝手に食べるのは今に始まったことではない。

勝手に食べないようにと、大きな文字で瀬那用と油性ペンで書いていたとしても、気にせず食べるから困る。

そういう時は、歩の朝食だけおかずを減らしてやるのだ。

そうなると、その時は謝って瀬那のご機嫌を取ろうと会社帰りにお土産を持って帰ってきてくれる。

それで許して一件落着となるのだが、歩はまた懲りずに瀬那のおやつに手を出す。

「お兄ちゃんの明日《あした》のおかずは梅干しだけにしよう」

味噌《みそ》汁ぐらいはつけてやるのがせめてもの情けだ。

食べ物の恨みは恐ろしいのである。

しかし困った。

アイスはないが、今の瀬那はアイスがどうしても食べたい。

「仕方ない。買いに行くか」

もう夜遅いが、この辺りは治安もいいし大丈夫だろうと判断する。

髪を乾かすと、財布だけを持って家を出た。

エレベーターで一階に降りて、エントランスを抜けて外に出ようとした時、マンションの前に高級車が一台止まった。

そこから降りてきたのは枢だ。

今頃帰ってきたのかと、特に気にせずその横を通り過ぎようとしたが、「どこに行く」と声をかけられ足を止めて振り返る。

すると、枢が静かな瞳《ひとみ》を瀬那に向けていた。

「えっ、あの、アイスを買いに」

「こんな時間にか」

「うん。ちょっとそこのコンビニまでだし」

歩いて五分もしない距離だ。

すると、枢は眉間《みけん》に皺《しわ》を寄せたかと思うと、歩き出した。

マンションとは別の方向へ。

帰ってきたのではないのだろうかと、瀬那が不思議そうに見ていると、枢が振り返る。

「どうした、行くんじゃないのか？」

「えっ、一条院さんもコンビニに用事？」

「違う。こんな時間に女一人は危ないだろう」

瀬那は困惑した。

「えっと、ついてきてくれるの？」

「早く来い」

「う、うん」

瀬那は急いで枢に向かって走り、歩く枢の横に並んだ。

枢と並んで歩くというのはなんだか変な感じがした。

今の枢はスーツを着ていて、いつもの制服姿よりも大人っぽく見える。

パーティーで女性たちが肉食獣のような目で見てしまう気持ちも分かる気がする。

お互いなにも話すことなくコンビニに着いた。

カゴを持つと、アイスのコーナーに直行して、気になったアイスをあれもこれもと入れていく。

ついでに歩の分もと手を伸ばすと、枢からあきれた声が。

「そんなに食うのか？」

「私のだけじゃなくてお兄ちゃんのもだから」

「それにしたって……」

言葉には出さないが、多すぎるだろと枢は言いたいようだ。

「お風呂上がりは食べたくなるんだもん」

枢を無視してアイスをカゴに入れると、枢が近付いてきて瀬那の髪を一房手に取り匂いを嗅《か》いだ。

固まる瀬那に枢は構わない。

「風呂上がりの匂いだな」

などとつぶやいて、一人納得している。

瀬那から香るシャンプーの匂いでも感じたのだろうか。

そう思うと、カッと頬が紅くなる。

瀬那は口をパクパクさせてなにかを言おうとしたが、言葉が出てこない。

枢の態度は特に変わらないから、なおさら気にしている自分の方がおかしいような気がしてくる。

　さっさとレジに向かった枢の後について行き、店員にカゴを渡す。

　財布を取り出そうともぞもぞしているうちに、枢がクレジットカードを店員に渡していた。

「えっ、一条院さんいいよ、私のアイスだし」

　しかし、枢は瀬那の言葉など無視してお金を払ってしまった。

「ほら」

　そう言って瀬那にアイスの入った袋を渡すと、さっさとコンビニから出ていったので、瀬那は慌てて後を追う。

「一条院さん！」

　止まる気配のない枢をもう一度呼ぶ。

「一条院さんってば」

「なんだ」

　ようやく枢から返事が返ってきてほっとしたが、足を止めることはない。

「なんだじゃなくて、お金払うから」

「いい」

「でも、一条院さんに払ってもらうわけにもいかないし」

「いいって言ってるだろ」

瀬那が困ったように追いかけるが、枢は頑《かたく》なに拒否する。

「そういうわけには……」

「いいから取っとけ」

有無を言わせぬ枢の雰囲気に、これ以上は機嫌を損ねるだけだと思った瀬那は、ありがたくおごってもらうことにした。

「……分かった。ありがとうございます、一条院さん」

枢に向かって頭を下げる。

そして、顔を上げると、枢が足を止めて瀬那を見ていた。

あまりにもじっと見られていたので居心地が悪い。

「えっと……なに？」

「枢」

「えっ？」

「枢だ」

枢がなにを言いたいのか瀬那には分からなかった。

「えっと、一条院さんの名前がどうかした？」

聞き返すと、枢の眉間に皺が寄る。

「枢だ。一条院さんじゃなく、枢と呼べ」

ようやく枢の言いたいことが分かったが、瀬那は無理だというように頭を横に振った。

「いやいや、一条院さんの名前を呼ぶなんて恐れ多いから」

ただでさえ、愛菜が枢のことを『枢君』と呼んでいることで反感を買っているのを見ているのだ。

瀬那まで呼び始めたらいらぬ火の粉が飛んでくる。

「いいから、これからそう呼べ」

なんと横暴な。

「無理無理、そんなの……」

受け入れずにいると、枢が瀬那との距離を詰めてくる。

そして、不機嫌そうな顔で瀬那を見下ろした。

「枢だ。言ってみろ」

無理と思ったが、枢の有無を言わさぬ瞳に射貫《いぬ》かれる。

言わなければとても許してくれそうにない。

「か、かなめさん？」

おそるおそる名前を呼んでみると、枢はまだ不服そうだ。

「違う、枢だ」

「……枢？」

呼び捨てで呼んで、初めて枢は満足そうに口角を上げた。

「そうだ。これからはそう呼べ。アイスの礼はそれでいい」

満足したのか、枢は振り返りマンションへと続く道を歩き出した。

「えー」

瀬那のなにかを言いたげな声は枢には届かなかった。

3　章

ゴールデンウィークも明け、日常が戻ってきた。

連休明けほど学校を休みたいと思う日はない。

まあ、ゴールデンウィーク中でも忙しく出勤していた歩がいるので口に出しては言えないが、夜更かしに慣れた体内時計を元に戻すのは大変である。

瀬那があくびをかみ殺して登校していると、後ろから肩を叩《たた》かれた。

「おはよう、瀬那」

「あー、翔か」

「あー、翔かって、声に力ないぞ」

「昨日夜更かししちゃって」

今度は抑えきれず、瀬那は大きなあくびをする。その様子に翔はあきれ顔だ。

「また本読んでたのか？　飽きないなぁ。まあ、連休明けの学校がダルい気持ちは分かるけど」

「しかも、もうすぐ中間テストだしね」

「はあ、嫌なこと思い出させるなよ」

嫌そうにしているが、翔のテストの結果はいつも上位だ。

だからこそプレッシャーも大きいのだろう。なにせ生徒会長なのだから。

「生徒会長さんが、成績悪かったら他の生徒に示しがつかないものね」

「て言っても、もうすぐ引き継ぎだけどな」

二人は今年三年生。進路のこともあるので、任期は一学期の終わりまでだ。

それまでに次の役員を決める選挙と引き継ぎがある。

プラスして中間と期末のテストもあるので、しばらくは翔も忙しいだろう。

「まあ、頑張ってくださいな、生徒会長さん」

「人ごとだな、おい」

「人ごとだもの」

そんな話をしている内に学校に着いた。

「じゃあな、たまには生徒会室に昼ご飯食べにこいよ」

「うん。じゃあね」

教室の前で翔と別れて教室の中に入ると、ニコニコとしながら愛菜が近付いてきた。

「ねえ、瀬那ちゃんって生徒会長と付き合ってるの？」

なれなれしく『瀬那ちゃん』と呼んでくる愛菜に嫌悪感が湧いてくる。

聞こえなかったふりをして自分の机に向かったが、後をついてきて鬱陶《うっとう》しいことといったらない。

「ねえねえ、一緒に登校してきたりして、仲いいよね。付き合ってるんでしょう？」

無視してもねえねえねえと何度もうるさい愛菜に、睡眠不足で機嫌の悪い瀬那がキレた。

「私が誰と付き合っていようと、あなたに関係ないでしょう」

かなりきつめな口調でそう言えば、愛菜がショックを受けたような顔をする。

「そんな言い方しなくたって。友達なのに」

「あなたと友達になった覚えはないけど？」

「ひどい……」

ひどいもなにも、本当のことを言っただけだが、愛菜は今にも涙がこぼれ落ちそうなほど瞳《ひとみ》を潤ませる。

そんな愛菜を見ても、かわいそうなどとは思わず、面倒臭いという気持ちの方が先立つ。

間の悪いことに、そこへ枢たちいつもの三人が教室へ入ってきた。

愛菜は枢たちを見ると、「枢君！」と言って走って行った。

「瀬那ちゃんが……」

それだけを言って悲しげに目を潤ませる愛菜。

なにも知らない者から見れば、瀬那が愛菜を虐《いじ》めたようにも思える。

一部始終を見ていた他の生徒たちは助けを出すべきか迷った顔をしていたが、枢が怖くてためらっているようだ。

瀬那はそんな愛菜にも周囲にも我関せず、鞄《かばん》から教科書や筆記用具を出して授業の準備をしていく。

その間にも愛菜がなにやら訴えていたようだが、枢は腕を掴《つか》む愛菜を振り払い一瞥《いちべつ》することなく自分の席へと座った。

代わりに瀬那の下にやって来たのが瑠衣だ。

因縁でもつけてくるようなら応戦する気満々だったが、瑠衣が最初に発したのは謝罪の言葉だった。

「ごめんね、神崎さん。愛菜がまたなにかやらかしたみたいで」

愛菜の必死の訴えも、瑠衣は真に受けてはいないようだ。

さすが付き合いが長いだけあり、愛菜がどういう人間かを分かっている。

「和泉さんが悪いわけではないですから。でも、私は新庄さんとは仲良くなれそうにないので、できれば関わらないでもらいたいです」

「ちゃんと言い聞かせておくよ」

「お願いします」

こくりと頷《うなず》くと瑠衣はそれ以上なにかを言うこともなく、席へと戻っていった。

「はぁ……」

「神崎さん朝から災難だったね」

ため息をつく瀬那に声をかけてきたのは、よく美玲と話している女の子たちだった。

「正直ああいうタイプは苦手なんだよね」

瀬那は困ったように笑った。

甘ったるい話し方。友人でもないのになれなれしい態度。自分の思い通りにいかないと枢にすり寄り、自分の弱さを主張する。

どうにも好きになれる気がしない。

「私たちも聞いてたけど、あの言い方じゃまるで神崎さんが虐めてたみたいだったじゃない。友達とか言った口でなにがしたいか分かんないわよ、あの女」

「一条院様たちの手前だから皆直接言ったりしないけど、彼女って女に嫌われるタイプだよね。媚《こ》びてるっていうかさ。女友達なんてできるわけないって」

「しっ、一条院様たちに聞こえるわよ」

「大丈夫よ、離れてるし」

女の子たちはひそひそ声を小さくさせながら愛菜への不満を言い合った。

正直こういう女子の悪口大会も瀬那は好きではないのだが、愛菜の突撃の後ではどうにも否定できない。

それによくよく話を聞いてみると、愛菜はいろんなグループに話しかけに行っていたようだ。

まだ女友達を作る野望を捨てきれていないらしい。

話しかけるまではいいのだ。

話しかけられたグループも枢たちの話が聞けるかもと最初は会話に入れるのだが、よく言えば素直、悪く言えば空気が読めない愛菜の言葉は、マウントをとっているようにしか聞こえず、嫌気がさして離れていく。

それをクラス内のすべての女子に行ったらしい。

愛菜を苦手としているのは瀬那だけではないのだ。

それで一周回って瀬那のところに来たというわけなのかもしれないと、女の子たちは言う。

迷惑だと、瀬那は頭を痛くした。

この短い期間にクラスのほぼすべての女子に嫌われるとは、ある意味才能だ。

それも枢と仲がいいからという理由ではなく、愛菜自身の性格が嫌われている。

またなにかやらかさなきゃいいなと思っていたら、すぐにそれは現実となった。

昼休みを告げるチャイムが鳴り、教師が出て行くと一斉に生徒たちが動き出した。

瀬那はすぐにはいつもの非常階段へは向かわず美玲と話していると、横目に枢が教室から出て行くのが見えた。

おそらく非常階段へ向かったのだろう。

少し時間を置いて教室を出ようと思い美玲と話していると、教室の出入口で女子生徒が二人ほどクラスの中をうかがっているのが見えた。

美玲も気付いたらしく、そちらを見る。

誰か捜している様子な女子生徒二人に、美玲が声をかけた。

「どうしたの？　あなたたち一年生でしょう？」

「あ、あの私たち新庄愛菜先輩にお話があって」

「ああ、新庄さんね。ちょっと待ってね」

緊張した様子で告げられた名前を聞いた美玲は、下級生を前に嫌悪感を隠しきれておらず、嫌々ながら愛菜を呼びに行った。

呼ばれた愛菜が一年生の前に立つ。

しかし、知り合いというわけではなさそうで、愛菜はこてんと首をかしげている。

「私になにか用？」

「あ、あの……ここではなんですから、場所移動しませんか？」

「うん、いいけど」

愛菜は一年生二人と共に教室から出て行った。

教室内ではザワザワと今のことについて話している。

「瀬那ちゃんはなんの話だと思う？」

「さあ」

瀬那は特に興味なさそうにしながら、お弁当を持って立ち上がった。

「もう行くね」

「うん、後でね」

ヒラヒラと手を振る美玲に瀬那も手を振り返して教室を後にした。

非常階段に向かう途中、外から声が聞こえてきた。

窓の下を覗《のぞ》くと、先程の一年生と愛菜がなにやら話している。

「あの、先輩と一条院様は付き合ってるんですか!?」

とんでもない所に居合わせてしまったらしい。なんとも直球で聞くなぁと、瀬那は一年生たちに感心した。

愛菜が枢たちと一緒に行動しており、女子の中で愛菜だけが枢を下の名前で呼んでいるのは周知の事実だが、誰も枢と愛菜の関係性を聞いた者はいない。

怖くて聞けないというのが正しい。

しかし、まだ一年生の彼女たちは枢との関わりも少なく、怖いよりも興味が勝ったのだろう。

「わ、私と枢君が付き合ってるなんて、そんな……」

「違うんですか⁉」

「うん、まあ……今はまだそこまでの関係じゃないよ」

今はまだ。なんとも意味深な発言だ。

頬を染めて照れる愛菜に、一年生たちは目をつり上げる。

「それってどういう意味ですか？」

「先輩は一条院様と付き合ってるわけではないんですよね？」

「だったら、告白したっていいですよね。私一条院様のことが好きなんです」

すると、愛菜が突然慌て始める。

「駄目だよ、そんなの！」

「どうしてですか？　付き合ってないんですよね？」

「まだ付き合ってないけど、枢君といつも一緒にいるのは私だし、枢君もそれを受け入れてくれてるのよ。告白してもあなたが悲しむことになるだけだと思う」

その言葉は一年生たちの怒りに触れたようだ。

「なんですかそれ。自分がいるから断られるって言いたいんですか？」

「私はただ、結果が分かってるのに無駄なことはしない方がいいんじゃないかって」

「無駄⁉　無駄ってなんですか？」

「付き合ってもない人に言われたくないです！」

これは雲行きが怪しくなってきたなと、瀬那はヒヤヒヤした。

これまでは、我儘《わがまま》なお嬢様に瑠衣や総司が手を焼いているという感じで、愛菜の訴えも右から左に受け流して、本気で取り合っている様子はなかった。

けれど、絶対に介入してこないという保証にはならず……。

万が一愛菜に手を出したら枢たちがどういう制裁を与えるか分からない。

愛菜の人の気持ちを逆なでする言い方には瀬那も気分が悪くなるが、手を出すのはいけないし、彼女たちが枢たちになにかされるのはかわいそうだ。

どうしたものかと考えていると、いいところに教師が通りかかった。

「先生」

「ん、どうした？」

「なんか、下で喧嘩《けんか》してるみたいなんです」

「なんだと？」

教師は窓の下を見ると、大きな声で「こらー、なにやってるんだ、お前たち！」と怒鳴り声をあげた。

これで大丈夫だろうと、瀬那は安心して非常階段へ向かった。

すでに来ていた枢の横に座りお弁当を広げる。

お箸《はし》を枢に渡し、瀬那は本を広げ読み始めた。

その間、特に会話がないのはいつものことだ。

しかし、今ではこの時間が心地良くなってきてすらいる。

本に視線を落としながら、瀬那は別のことを考えていた。

それは先程の一年生と愛菜のやりとり。

『まだ付き合っていない』

愛菜のあの言い方では、枢も愛菜のことをまんざらではなく思っている、と取れる。

確かに枢の周りには愛菜以外に女の子の影がないので、愛菜が自分こそ枢に一番近いと優越感を覚えるのも頷《うなず》ける。

しかし、一年生の告白を妨害しようとしたり、さも思い合っているかのように言う愛菜は結構腹黒いのではないだろうか。

天然故に人の気分を逆なでしてしまうと思っていたが違ったのだろうか。

そもそも愛菜は枢といい雰囲気と思っているようだが、枢の方はどうなのだろう。

チラリと横にいる枢を見る。

人のプライバシーをずけずけと聞くのはよくない。……が、すごく気になる。

これではミーハーな他の女子たちと変わらないと分かりつつ、聞かずにはいられなかった。

「……あの、一条院さん」

「…………」

この距離だ。しっかり聞こえているはずなのに枢は瀬那を無視した。

首をひねりもう一度声をかける。

「あの、一条院さん」

「…………」

「一条院さんってば」

呼びかけて三度目でようやく視線を向けてきたが、それも一瞬のことで、すぐにそらす。

なぜ無視されているのか分からない瀬那は首をひねる。

なにか気を悪くするようなことを言っただろうか？　と悩んでいると枢が――。

「名前」

そう小さくつぶやいた。

最初、頭の中に疑問符が浮かんだが、少し考えてからようやく察した。

「あっ、えーと、かな……め？」

「なんだ？」

今度はすぐにされた返事に、瀬那はなんとも言えない表情になる。

確かに枢と呼べと言われたが、呼ばれないからと無視するとは、子供かとツッコミを入れたい。

「枢って意外に子供……」

ぽそっとつぶやいた言葉は枢にも聞こえたようで、ぎろりと睨《にら》まれてしまい、瀬那はさっと視線をそらした。

「で、なんだ？」

「えっ？」

「なにか用事があったから呼んだんじゃないのか」

「ああ、そうそう」

話が脱線していたが、当初の目的を思い出した。

まどろっこしいのは嫌いそうな枢に、瀬那は率直に聞くことにした。

「新庄さんと付き合ってるの？」

少し率直すぎたかと、眉間《みけん》に皺《しわ》を寄せた枢を見て思ったが、答えはすぐに返ってきた。

「付き合ってない」

「これから付き合う予定は？」

「ない」

つまり愛菜の独りよがりということか。

枢の様子を見るに照れているから誤魔化しているという感じではなく、本気でやめてくれと嫌がっているように思える。

「ふーん」

お弁当をもぐもぐ食べながら、愛菜は天然なのか腹黒なのかと再び瀬那は考える。

「なんだ、突然？」

「ああ、うん。ちょっとねー」

さすがに先程見たことを枢本人にチクるのはやめておいた方がいいだろうと、言葉を濁した。

「じゃあ、付き合ってる人とかいるの？」

恐らく学校にいるほとんどの女子生徒が聞きたいのに聞けない質問だろう。

この非常階段での一時を共に過ごすようになり、枢が決してとっつきにくい人ではないと知った瀬那だからこそ聞けた質問だ。

「……いない」

わずかな間はなんだったのか。

追求する前に枢の方から問い返された。

「お前はどうなんだ？」

「私？　いないけど」

瀬那が即答すれば、なぜか眉《まゆ》をひそめられた。

「付き合ってるんじゃないのか？」

「誰と？」

「生徒会長だ」

「翔のこと？」

そんなことを聞かれると思わなかった瀬那は目を丸くした。

まさかここにも勘違いしている人がいたということに驚きと同時にあきれる。

「一条院さんもその噂本気にしてたの？」

瀬那はがっくりと肩を落とした。

いつからだろうか、瀬那と翔が付き合っているなどという噂が立ったのは。

確かに仲はいいが、それだけだ。

付き合ったことは今も昔も一切ない。

どこから発生したか分からないその噂を一つ一つ潰《つぶ》したつもりでいたのだが、まだ誤解していた人がいたことに脱力する。

「枢と呼べと何度言わせる。それよりも、噂なのか?」

「そうでした。……中学が一緒だったから仲がいいだけで、翔にはかわいい彼女がいるし」

そう言うと、枢は驚いているようだった。

「……付き合ってない?」

「うん。全然まったくあり得ない」

断言したのはいいが、それから枢はなにか思案するように黙り込んでしまった。


数日後、なぜか愛菜を非難するような噂が学校中に蔓延《まんえん》していた。

どうやら、先日の一年生とのやりとりを聞いていた人が思いのほか多かったらしい。

枢ともうすぐ付き合いますと暗に匂わせる愛菜の発言。

それに焦った女子生徒の中で、勇敢にも枢に直接聞きに来た勇者がいたのだ。

まあ、もちろん一人でとまではいかず、皆で聞けば怖くないとばかりに大人数で教室まで押しかけてきた。

その顔ぶれは一年生から三年生まで様々。

どういう集まりかと思ったら、枢のファンクラブの人たちだと美玲が教えてくれた。

そんなのがあったのかと瀬那は驚いたが、ノワールとはまた別の、非公認のファンクラブらしい。

非公認と言っても枢は知っているらしく、彼女たちの活動は陰ながら枢を見守ろうというのを信条にしており、目立つことはしないので目こぼししてもらっているようだ。

そんな彼女たちでも、さすがに愛菜の発言は見過ごせなかったのだろう。

陰ながらではなく、がっつり日なたに出てきてしまっている。

枢の護衛兼トラブル処理係と言っても過言ではない瑠衣と総司も、女子たちのあまりにも鬼気迫る迫力に負けたようで、口を引きつらせていた。

そして、なにもしていなくても威圧感を漂わせる枢を前にして、果敢にも愛菜の発言の真偽を問うたのだ。

一瞬、枢が瀬那に視線を向けてきた気がした。先日瀬那が突然愛菜のことを質問した理由に気付いたのかもしれない。

枢はそんな女の子たちの迫力にも顔色を変えず、愛菜の発言を否定していた。

彼女たちはほっとした表情を浮かべたものの、枢から驚くべき発言が飛び出したのはその後だ。

「それに、好きな奴はいる」

その発言をした直後、女の子たちの悲鳴が、教室どころか聞き耳を立てていた廊下の子たちからも響いた。

「まままさか、新庄さんなんてことは……」

「違う。さっき否定しただろ」

愛菜ではないと否定されたことでほっとしたようだが、枢の好きな奴発言はその日のうちに学校中に回り、阿鼻叫喚《あびきようかん》を生み出した。

そのおかげで、愛菜を批判する声は消えたが、枢の好きな人とは誰かと、生徒たちの推理合戦が白熱することになった。

そんな中で、愛菜だけが悔しげな表情を浮かべていたことに誰も気付かなかった。

瀬那は枢から発せられた好きな人がいるという言葉に、心がズキリと痛んだが、己の感じる痛みは気のせいだと蓋《ふた》をした。

そんなはずはない。枢とはただのクラスメイトで、そんな感情を抱いているはずはないのだと……。


枢の好きな奴発言から数日後のこと。瀬那は、学校から帰って夕食の用意をしていたが、買い忘れに気付きスーパーに行って帰ってきたところだ。

ご機嫌でマンションの玄関ホールに入る。

これほど機嫌がいいのは、昨日歩が取引先から上質なお肉をもらってきたことから始まった。

それで歩の大好きなビーフシチューを作ってくれと要望されたのだ。

ビーフシチューは瀬那も大好物。いいお肉ならなおさら妥協はできないと、昨日から下ごしらえをしていた。

後は仕上げて、歩の帰りを待つだけ。

そう思っていたのだが、突然瀬那のスマホが鳴った。

表示された名前は歩。

まだ仕事中だろうに、どうしたのかと瀬那は電話を取る。

「悪い、瀬那」

「どうしたの、お兄ちゃん？」

「それがさ、社員が問題起こして今日家に帰れそうにないんだ。しっかり戸締まりしてから寝ろよ」

「いいけど、今日はお兄ちゃんが楽しみにしてたビーフシチューだよ？」

希望を出したのは歩だろうに、すっかり忘れている様子。

「のぉぉぉ！　そうだったぁ！　明日《あした》食べるから置いといてくれ」

「明日は取引先の人と会食があるから食べて帰るとか言ってなかった？　しかもその

次の日から泊まりで出張に行くって」

「のぉぉぉぉ！」

あまりのうるささにスマホを耳から少し離す。

「あきらめてお仕事頑張って」

「くそっ、あいつシメる。こんな時に問題起こしやがって」

「パワハラで訴えられない程度にね」

電話を切った瀬那は悩んだ。

歩が帰って来られないのはよくあることだ。

青年実業家はなにかと忙しいらしい。

今に始まったことではないのでたいして気にならない。

問題はビーフシチューだ。

歩がたくさん食べると思って、とても一人では食べきれない量を作ってしまった。

しばらくビーフシチューで過ごさなければならないかとあきらめかけた時、後ろから声をかけられた。

「そんなところに突っ立ってなにしてる」

後ろを振り向くと、今帰ってきたばかりなのか制服姿の枢が立っていた。

「ちょっと電話してて」

「そうか」

それだけを言って、瀬那の横を通り過ぎエレベーターに向かう枢の背を見ていた瀬那は閃《ひらめ》いた。

慌てて枢を追いかけて服を摑《つか》む。

急に服を摑まれて一瞬驚いたように目をわずかに見開いた枢は少しよろめいた。

「なんだ？」

「一条院さん……じゃなくて、枢って一人暮らしだよね？」

ここから少し離れた高級住宅街に一条院本家の豪邸があるのは、知る人なら知っている話だ。

枢の家族がそこで暮らしているなら、枢は一人暮らしである可能性が高いと瀬那は思った。

そうしたら案の定。

「ああ。それがどうした？」

「夕食ってどうしてる？」

「夕食？」

なぜそんなことを聞いてくるのか分からないといった顔だ。

「あのね、ビーフシチュー作りすぎて困ってるの。嫌いじゃないなら食べに来ない？」

予想外にも枢はすぐに了承し、枢を家に連れ込む……というのは少し語弊があるが、連れてくることに成功した。

「適当に座ってて」

そう言って、瀬那は買ってきた食材で、料理の続きをする。

コトコトと煮込んだビーフシチューはいい感じにとろみがついて空腹を刺激する匂いがする。

小皿に少し入れて味見をすれば、時間をかけたかいがある満足な味になっていた。

ふと、顔を上げると、対面キッチンの向こうからじっとこちらを見ている枢と目が合う。

いつから見られていたのだろうか。

急に緊張してきた。

思い返せば、いくら切羽詰まっていたからといって、枢を家に招くなど大胆な真似をしたものだ。

学校の枢のファンが知ったら血祭りに上げられそうである。

いや、昼休みを一緒に過ごしている時点でかなり問題かもしれない。

瀬那の通う学校は私立で学費が他の学校と比べて高い。それ故、他の学校よりお金持ちの子がたくさん通っている。

だいたいそういう子は小学校の頃から通っており、瀬那や翔のように高校から通いだす一般家庭出身の子たちとは一線を画する。

本物の金持ちというのは、おっとりしていて人の悪口など汚い言葉は口にしない子が多いというのも、あの学校に通い始めて知った。

まあ、中には性格がきつい子もいるが、そういう子は成金だったり、高校からの外部入学の子だったりと分かりやすい。

以前いじめを行っていた花巻がそうだ。

けれど、そういう子はほんの一部で、だいたいは品のいい子たちに触発され、礼儀正しく過ごしている。

けれど、そこに当てはまらない一部が厄介だ。

行儀よくしている枢のファンクラブの子たちだが、過激な者も中にはいる。

瀬那が枢とこんなに仲良くしていると知ったらどんな手を使ってくるか。

まあ、やられただけで終わる瀬那ではないのだが、面倒なことになるのは間違いない。

お昼ごはんを一緒にしない方がいいのだろうか。

けれど、今さらな気がする。

それに、枢と過ごすあの静かな時間が、瀬那は好きだった。

いつからかその時間を楽しみにするほどに。

そんなことを考えていると、鍋《なべ》が噴きこぼれそうになっていて、慌てて火を止めた。

できあがったビーフシチューを皿に盛り、パンとサラダを添えてテーブルに並べる。

「どうぞ」

「ああ」

枢がスプーンですくって口に入れるのをじっと見る。

しかし、表情が変わらないので美味《おい》しいのか不味《まず》いのか分からない。

「どう？」

「ああ、美味しい」

「よかった」

それを聞いて瀬那もほっと顔を綻《ほころ》ばせた。

まあ、いつも瀬那の作るお弁当を食べているのだから、味覚が違うということはないだろう。

瀬那もいただきますと食事を始めると、枢から言葉がこぼれた。

「こういう料理も作れるんだな」

「え？」

「いつもの弁当。あれも毎日自分で作ってるんだろう？」

「うん。お兄ちゃんと二人暮らしだから、他に作ってくれる人いないもの」

くすりと笑いながらスプーンを動かす。

「みたいだな」

「みたいだなって、私が作ってるって知ってたの？」

そもそもだが、急にお弁当を作ってこいだとか言って、もし瀬那のお弁当を作っているのが母親だったら、言い訳だとか大変だったと思う。

けれど、枢はお弁当を毎日瀬那が作っていることを知っていたから作ってこいと言ったのだろうか。

「お前が弁当は自分で作ってるって話をしているのを聞いた」

「いつのこと？」

「教室でたまに料理の本読んでる時あるだろう。その時に、いつもいる奴と弁当の献立をなににしようかとか、次はこれを作ろうとか話してるのを聞いてた」

確かに、美玲とお弁当の話をしていたことはある。

けれど、そんなことを覚えていたのか。

「聞いてたの？」

「ああ、ずっと見てたからな、お前のこと」

「え……」

じっと瀬那を見つめる枢の瞳《ひとみ》。

その真剣な瞳に吸い込まれてしまいそうだ。

「ずっと前から見てた。だから自然とお前の話してる声を拾ってた」

「っ……」

今まで視線が合っていると思っていたのは自分の勘違いではなかった。

あの目は確かに瀬那を見ていたのだ。

「勘違いかと……」

ぽつりとこぼれた言葉は小さく、枢には聞き取りづらかったよう。

「ん？」

聞き返すその声は優しくて、瀬那の心をギュッとしめつける。

「勘違いかと思ってた」

今度ははっきりと言葉にしながら、伏せていた視線を窺《うかが》うように上げると、枢の瞳と重なった。

「目が合ってる気がしてただけで、他の誰かを見てたんだと思って……。そんな勘違いしてる自分が恥ずかしくて……」

「勘違いじゃない」

「……だって、私たち話したこともなかったのに」

「そうだな。けど、見てた。ずっと……」

瀬那は息をのむ。

「っ……」

枢がふわりと微笑んだのだ。

優しくて、そしてどこか甘さを含んだ初めての表情。

瀬那はドキドキと心臓が跳ね、頬が熱を持つのが分かり、枢の眼差《まなざ》しから逃がれるように顔を俯《うつむ》かせた。

恥ずかしい。

勘違いでなかったことが嬉《うれ》しくて、けれど恥ずかしくて顔を上げられない。

どんな言葉を返していいかも分からなくて口をつぐんでいると、沈黙を破ったのは枢の方だった。

「いつも夕食は一人なのか？」

まったく違う話題に、瀬那は一瞬頭が働かなかったが、すぐに我に返って言葉を返す。

顔を上げた枢はいつもと変わらぬ表情だった。

そのことにほっとすると同時にどこか残念に思った。

「うん。お兄ちゃんと二人暮らしなんだけど、今日は珍しく早く帰ってくる予定だったはずが仕事で帰れなくなって。いつも仕事が忙しくて帰ってくるの遅いから、ほとんど夕食は一人で取るの。一人分の食事作って一人で食べるのって味気ないけど、お兄ちゃんが忙しいのは仕方がないしね」

「だったら、これからは俺の家に来て夕食を作ってくれないか？」

「へ？」

瀬那は素《す》っ頓狂《とんきょう》な声をあげる。

「一人分作るのも、二人分作るのもたいして変わらないだろう？」

「えっ、そりゃあまあ、そうだけど……」

「なら、明日《あした》から俺の家に来たらいい。作ってもらう代わりに食材はこっちで用意しておくから」

「へっ？　えっ？」

突然のことに瀬那は話についていけない。

「いつも弁当を作ってもらってるからな。食材も道具もなにも用意してこなくていい。すべてこちらで用意する」

瀬那を置き去りにしてドンドン話が進められていく。

「いや、あの」

「嫌か？」

そう聞かれて、瀬那は反射的に首を横に振ると、枢が小さく笑った。

「なら、決まりだ」

「えっ、でも、いいの？」

「なにがだ？」

「いや、いろいろと……」

枢の家にお邪魔することがだ。

枢の家で料理して一緒に食べるなんて、まるで恋人同士のようではないか。

「えーと、ほら、枢言ってたじゃない。好きな人がいるって。それなのに私なんか家に入れたら好きな人に勘違いされたりするだろうし……」

自分で言っていてなぜか胸が痛んだ。

そう、枢は好きな人がいると言っていたではないかと。

それなのに出しゃばるべきではないと止めるもう一人の瀬那がいる。

だが、そんな瀬那の葛藤《かっとう》を知らず、枢は言い切った。

「問題ない。そんなことを気にするな。いいな、瀬那」

初めて呼ばれたその名前に、瀬那の鼓動が収まらない。

瀬那は気付いた時にはこくりと頷《うなず》いていた。

4章

翌日、いつも通りの昼食の時間を枢と非常階段で過ごしている。

特に話題がなければお互い口も開かないので、自然と沈黙が流れる穏やかな時間。

あまりにいつもと変わらない枢の様子に、昨日のことは夢だったのではないかと思い始めていた。

しかし……。

お弁当を食べ終えて、瀬那がお弁当箱を片付けていると、目の前にチャリンと吊《つ》り下げられた鍵《かぎ》が目に映る。

「えっ？」

なにかと不思議そうに枢を見上げる。

「俺の家の鍵だ。俺がまだ帰ってなかったら先に入ってろ。部屋は最上階だ」

「………」

口を開けてポカンとして鍵を受け取ろうとしない瀬那に枢は焦《じ》れたのか、瀬那の手を取って無理やり手のひらに載せ、非常階段から去って行った。

「鍵、もらっちゃった……」

あの一条院枢の部屋の鍵を。

瀬那はハッとすると、きょろきょろ周囲を見回した。

この場面を誰かに見られていないだろうかと不安になる。

もし、誰かに見られでもしたらその日のうちに学校中に話が駆け巡り、枢のファンに知られることになって、血の雨が降るかもしれない。

もちろん血祭りにあげられるのは瀬那である。

なんて恐ろしいアイテムを渡してくるのかと、背筋が寒くなった。

「こんなものサラッと渡すなんて」

枢はなにを考えているのか。やはり枢という存在は瀬那には理解しがたい。

けれど、手の中にある冷たい感触は、昨日の話が夢ではなく現実のことだったと瀬那に教えてくれる。

「本当にいいのかな……？」

好きな人というのはどうしたのだろう。

勘違いされても知らないぞ、と悪態をつきつつ、瀬那の口元は小さく笑っていた。

そして、その日学校から帰ると、一旦《いったん》自宅で着替えて宿題を終わらせてから、鍵を持って枢の言う最上階へ向かう。

最上階としか聞いておらず、どの部屋か詳しく聞いておくべきだったという後悔は最上階へ来て消え去った。

なんと、部屋の扉が一つしかなかったのだ。

最上階には来たことがなく、瀬那はマンションの造りを知らなかったので、これには頬を引きつらせずにはいられなかった。

なにせここは高級マンションと言われるところで、瀬那の住む普通の部屋でも十分な広さがあり、なおかつお高い。

それをまさかぶち抜いてワンフロア丸々使っているとは……。

さすが、一条院の御曹司。

庶民とは桁《けた》が違うと思い知らされた。

そんな人にこれから自分の手料理を振る舞おうというのだから、身の程知らずこの上ないのではないかと、瀬那は今さらになって尻込《しりご》みする。

「やめとくべき？　……いや、約束したんだし、行かないと駄目だよね。うーん」

本当にいいのか？　と自分自身に何度も問いかけていると、ガチャリと扉が勝手に開いた。

「そんなところでなにしてる」

頭を抱えている瀬那に、枢があきれたように声をかける。

「えっ、なんで来てるって分かったの？」

すると、枢は親指で天井の一角を指す。

そこには小さいがカメラがついていた。

「あっ、防犯カメラ……」

ということは、瀬那がここで悶々《もんもん》と悩んでいる姿を見られていたということだ。

途端に恥ずかしくなった。

「や、えっと、これはその……」

「いいから早く入れ」

「……はい」

おそるおそる部屋に入っていくと、中の造りは瀬那の家とあまり変わりなさそうだった。

まあ、広さはそれなりにあったが、それよりも瀬那の目を引いたのは、リビングの外に見える庭だった。

「わぁ……」

マンションの最上階ということを忘れさせられるようなイングリッシュガーデンが広がっていた。

「すごい、綺麗《きれい》！」

「気に入ったのか？」

「うん！」

興奮して返事をしてから我に返る。

瀬那はすっかり枢を忘れてはしゃいでしまっていた。

「あ……ごめん」

「なにがだ？」

「はしゃいじゃって」

「いや。気にするな」

そう言って微笑む枢。

最近枢のこういう優しい笑みを何度も見ている気がして、胸がきゅっとする。

「じゃあ、ご飯作るね」

「ああ、こっちだ」

キッチンに案内されると、瀬那の家の物と同じ国内メーカーの物でそろえられていたので使い方は心配なさそうだった。

勝手に外国の高級メーカーを使っていそうなイメージをしていたので、逆の意味で裏切られて助かった。

だが、よくよく見てみれば納得だ。

それらはすべて一条院グループ傘下のメーカーばかりだったからだ。

そう言えば、備えつけのキッチンやコンロなどの設備から、マンション内にあるジムの器具まで、目につく物は一条院グループのものだったなと思い出した。

そんなことを考えていて手が止まっていた瀬那に枢が声をかける。

「なにか問題でもあったか？」

「ううん、なんでもない。ちょっと考え事してただけ」

「なにを考えてたんだ？」

「うん、このマンションにあるのは一条院のグループ企業が関わってる物が多いなって。それだけ」

別にたいしたことではない。

が、枢は納得したような顔をした。

「ここは一条院が建てたマンションだから、一条院の物でそろえられる物はすべて一条院の物でそろえられている」

「そうなの？」

「ああ。俺がマンションの所有者だからな」

「えっ⁉」

これには瀬那も驚いた。

「祖父が誕生日に贈ってきた」

枢はなんてことのないように言うが、とんでもない話だ。

「一条院半端ない……」

こんな高級マンションをポンと贈るとは、瀬那の価値観では想像もできない。

やっぱり住む世界が違う人なんだなと、瀬那はなんだか心が沈んだ。

一緒に昼ごはんを食べて、こうして話をして普通に接しているが、本来なら瀬那の手の届かない人なのだ。

勘違いするな。

誰かにそう言われているような気がした。

落ち込む心を隠すように、瀬那は笑みを浮かべる。

「ご飯作るね」

「なにか食べたい物ある？」

「……いや、なんでもいい。冷蔵庫の中の物は好きに使え」

「うん。ありがとう」

そうして枢はリビングのソファーに座った。

対面キッチンなので、枢の様子がよく見える。

枢を気にしないように背を向けて冷蔵庫の中を漁《あさ》ると、一人暮らしとは思えない食材の量が冷蔵庫を占めていた。

「これ、本当に使っていいのかな……」

瀬那が手に取ったお肉はA５ランクの霜降り肉。

さらに無農薬野菜に、キャビアの瓶まで発見してしまった。

いったい瀬那にどんな料理を期待しているのだ。

「えっと……枢？」

「なんだ？」

キッチンから呼びかけるとすぐに返事があった。

「私が作れるのは普通の、本当に普通の家庭料理だからね」

こんな高級食材をそろえられても、プロの料理人のような料理は不可能だと暗に告げて念を押す。

「ああ。それでいい」

その返事にほっとしつつ、料理に取りかかった。

無難に魚を焼いて、野菜を炒《いた》めて、具だくさんの味噌《みそ》汁を作った。

ダイニングテーブルに並べて席に着く。

本当にこんなのでいいのかと不安になりながら枢の様子を窺《うかが》うが、特に嫌な顔をすることもなく食べ始めた。

食べ方も綺麗だなんて瀬那が思っていると、あまりにも見過ぎていたのだろう。

「食べないのか？」

そう言われて、瀬那は慌てて目をそらして箸《はし》を持つ。

「うまい」

ぽつりと告げられた枢の言葉に、顔を上げた瀬那は嬉《うれ》しくなって微笑んだ。

食事が終わり食器を洗おうとすると、後ろに枢が立つ。

「洗うのはいい」

「えっ、でも……」

「それぐらいは俺でもできる」

食器を洗う枢を想像してしまい、あまりに似合わなすぎて瀬那はクスクスと笑った。

「なんだ、急に？」

「だって、枢が食器を洗ってるなんてすごく貴重」

「俺だって食器ぐらい洗う」

怒っているわけではないが、不服そうに眉間《みけん》に皺《しわ》を寄せる枢に、瀬那はもう一度笑った。

「ふふふっ。スマホ持ってくればよかった。そしたら貴重な枢の姿を撮れるのに」

「……そんなに撮りたいなら、また明日《あした》撮ればいいだろ」

かった。


「明日？」

「そうだ。明日も明後日《あさって》も、これからいつだって機会はある」

そっと、枢の手が瀬那の頰に添えられる。

枢の漆黒の瞳《ひとみ》が瀬那を見下ろしていて、目がそらせない。

これほど近くでその瞳を見つめることになるだなんて、少し前の瀬那は思いもしなかった。

ずっと気になって、気になっていたけれど決して近付けない。

その瞳が目の前にある。

目の前でその瞳に瀬那を映している。

金縛りにあったように動けなくなった瀬那に、枢がゆっくりと顔を近付ける。

段々近付いてくる枢を見つめ続けた。

そして、互いの唇が触れそうになった時、枢のスマホが音を立てて鳴り出して、瀬那は我に返る。

枢が小さく舌打ちしてスマホを取りに行くのを見送ってから、瀬那は赤くなる顔を両手で隠した。

少しして戻ってきた枢に、瀬那は早口でまくし立てる。

「わ、私もう帰るね！　また明日っ」

慌てて飛び出し、枢の部屋を後にした瀬那は、自分の部屋に入って、その場にへたり込んだ。

バクバクと心臓が激しく鼓動している。

あのままスマホが鳴らなかったら……。

そう考えると、再び顔に熱が集まってきた。

「どうしよう。明日顔見られない」

しかし、無情にも時は過ぎる。


翌日、瀬那が教室で大きなあくびをしていると、

「瀬那ちゃん、今日はおねむ？」

持っていた本で隠したつもりだったが、ばっちり美玲に見られていたようだ。

「うん、ちょっとね」

「また、本読んで夜更かししてたんでしょう」

「まあ、そんな感じ」

笑って誤魔化したが、寝不足気味なのはもちろん昨日の出来事でなかなか眠れなかったせいだ。

けれど、しっかり早起きして枢の分のお弁当も作っているのだから始末に負えない。

無性に壁に頭を叩《たた》き付けたくなった。

自分はいったいどうしたいのか。

枢はいったいどういうつもりなのか。

考えても考えても答えは出ない。

枢が座る席を見れば、いつもと変わらず、瑠衣と総司と共に集まっていて、なにを考えているのか分からない無表情で二人の話を聞いていた。

すると、ふと枢が瀬那の方を向き視線が重なる。

慌てて瀬那は視線をそらして美玲と話を続けた。

こんな状態で昼ごはんをどうするのかと頭を抱えたくなった瀬那だが、刻一刻とその時が近付いてくる。

昼休みを告げるチャイムが鳴り、重い足取りで非常階段へとやって来た。

お弁当を広げているところへ枢が来て隣に座る。

昨日のことを思い出して目を合わせることができない瀬那は、俯《うつむ》きがちに枢に箸を渡した。

元々あまり話したりしない。

話したとしても、瀬那が話し出してそれに枢が答えるということがほとんどだ。

瀬那から話しかけない限り、沈黙が破られることはない。

そのはずなのだが……。

本を開いた瀬那の髪をそっとすくい上げられる。

過剰なほどにびくりとしてしまった瀬那がぱっと横を見ると、枢が真剣な表情で瀬那を見ていた。

「なんだか今日は緊張してるな」

いつも自分からは話しかけてこない枢からの言葉に瀬那は動揺が隠せなかった。

「そ、そんなことないけど……」

「昨日のことでも思い出したか？」

「っ……！」

分かりやすいほど目を泳がせた瀬那に、枢はクスリと笑う。

「もっと俺のことを考えろ。俺でいっぱいにしろ」

そう言って、一房手にした瀬那の髪にキスを落とした。

瀬那を見つめたまま。

あまりのことに、瀬那は言葉をなくしたようにパクパクと口を閉じたり開いたりと忙《せわ》しない。

そんな瀬那の顔は耳まで赤くなるほど熱をはらんでいた。

その熱でのぼせてしまいそう。

「な、なん、なん……」

言葉にならない言葉を発して頭がパニック状態になっている瀬那を放置して、枢は瀬那の髪から手を離しお弁当を食べ始めた。

まるで、先程のことなどなかったかのように。

それからの瀬那は昼ごはんどころではなかった。

なのに、枢はなに事もなかったかのようにいつも通りで、お弁当をパクパクと食べて昼休みが終わる前にさっさと去っていった。

一人になった非常階段で、瀬那は両手で顔を覆う。

この間から枢はいったいなんなんだ。

「翻弄《ほんろう》されてる……」

いや、遊ばれているのか？

なぜなら枢は好きな人がいると言っていたではないか。

それなのに、瀬那に意味深な言葉を残していく。

瀬那でなければきっと勘違いしていただろう。

自分がその好きな人なのだと。

そんなはずがない……。

瀬那は自分にそう言い聞かせた。

いや、言い聞かせている時点で勘違いが始まっていると、頭《かぶり》を振って自戒する。

ペチペチと頬を叩いて心を落ち着けると、教室に戻るべく立ち上がった。

放課後、授業は終わったがすぐには帰らずに教室で美玲や他の友人と談笑しているところ……。

「ねぇねぇ、枢君！」

教室内に響き渡るような大きな声に目を向ければ、愛菜が枢の腕に抱きついているところだった。

その姿に胸の痛みを感じていることに瀬那は気付きたくなかった。

けれど、目が離せない。

枢に女の子が触れているという光景から。

一瞬、愛菜が瀬那に目を向けた。

それはまるで瀬那の反応を見るかのようだったが、きっと気のせいだろうと頭の隅に追いやった。

そうこうしていると、枢の不機嫌な声が落ちる。

「放せ」

「やだ！」

枢は愛菜のことを鬱陶《うっとう》しげに見ていた。

それがせめてもの救いだったろう。

もし、枢が瀬那にも向けていたあの優しげな笑みでその手を受け入れていたら、瀬那はどうするのか自分でも分からない。

「瑠衣」

枢が呼ぶと、瑠衣はやれやれという様子でため息をつきながら愛菜の肩に触れた。

「愛菜、放すんだ」

「嫌だったら！」

肩の手を振り払う愛菜に、次第に瑠衣が面倒くさそうな顔をしていくのが分かる。

それは枢もだ。

「ねぇ、枢君。いいでしょう？　これから私とデートして」

そう愛菜が言った途端に、クラス中の女子が鋭い視線を愛菜に向けた。

枢をデートに誘えば枢ファンの逆鱗《げきりん》に触れるのは当然というもの。

けれどそんな視線には気付かず、甘えるようにすり寄るその行動が、さらに女子の怒りに拍車をかけさせているのを愛菜は分かっていない。

もし気がついていながらしているなら、相当な強心臓だ。

「放せ」

「オッケーしてくれるまで放さない！」

枢は深いため息をつくと、少し乱暴に愛菜の手を振り払った。

「枢君！」

愛菜は抗議の声をあげたが、枢の鋭い眼差《まなざ》しに怯《ひる》み、悔しげに唇を噛《か》みしめている。

どこからか「ざまぁ」という女子の声がひっそりと聞こえた。

「ねぇ、お願い」

それでもなおあきらめず懇願する愛菜に、枢は静かな眼差しを向ける。

「そういうのは好きな奴と行け」

「だから枢君と行きたいの！」

それはもう告白しているのとなんら変わりない言葉だった。

総司はあきれた顔をしており、瑠衣は頭痛を感じているのかこめかみを押さえている。

そして枢は、冷めた眼差しで愛菜を見ていた。

「そういう理由で俺と出かけたいなら、なおさらあきらめろ。俺はお前の気持ちに応《こた》えることはない」

残酷なほどにスッパリと切り捨てる。

これほどはっきり言わなければ愛菜は分からないからだろう。

いや、それでも愛菜はあきらめなかった。

「それって、好きな人がいるから？」

「そうだ」

枢の返事に迷いはない。

枢にこんなに想われる人とはどんな女の子なのだろうか。

そう興味を引かれるのは瀬那だけではなく、学校中の者がそうだろう。

「誰なの？」

「お前には関係ない」

「関係なくないよ！　だって……だって、枢君の近くに女の子なんていなかったもの。枢君のそばにいる女の子は私だけで……。枢君は私だけに名前で呼ばせてくれてたでしょう。高校に入ってからは女の子と遊ぶこともなくなって、余計に近くに寄せつけなかったのに私は許してくれたじゃない。それって私のためじゃないの？」

あたかも枢の好きな人は自分ではないのかと問うているように聞こえる。

「それはお前が総司の幼馴染《おさななじ》みだから自然とそうなっただけだ。名前で呼ぶのだって、最初はやめろと言っていたはずだ。けれど、お前は俺の話を聞かずに勝手に呼び始めた。俺が許したからじゃない」

うんうんと、総司が頷《うなず》いていたので、枢の言っていることは本当なのだろう。

「で、でも、枢君に一番近いのは私でしょう？　だってたくさん話しして、私がいっぱい話しかけても静かに聞いてくれたし」

「いや、それただ無視されてただけだと思うぞ」

総司が横からツッコむが、愛菜には聞こえていない。

「枢君のこと一番よく分かってるのは私だし、一緒にいたのも私が一番だし」

「だから、好かれているのは自分だとでも言いたいのか？」

冷たい。凍えそうなほどに枢は愛菜に冷たかった。

その目を見れば、枢の好きな人が愛菜ではないと、ここにいる誰もが理解したはずだ。

「だって、そんなのおかしい！　枢君に好きな人がいるなんて」

「お前に俺のなにが分かるというんだ。総司の幼馴染みというからそばにいることには文句は言わなかったが、俺が望んだわけじゃない。勝手に俺と仲良くなったと思われるのは迷惑だ。勘違いするな」

「っ！」

愛菜は枢の言葉にショックを受け、ポロポロと涙を零《こぼ》しながら教室を飛び出していった。

去り際、なぜか瀬那を一度睨《にら》んだのに、瀬那は気づいていた。

けれど理由が分からない。

ざわざわとした教室は、なに事もなかったかのような顔をして枢たちが帰って行ったことで、いつも通りの空気に変わった。

けれど、クラスの話題になっているのは愛菜のことだ。

勘違い女だとか、調子に乗ってたからいい気味だとか、そんな悪意に満ちた言葉が嬉々《きき》として語られている。

愛菜に迷惑をかけられていた瀬那だが、こっぴどくフラれた愛菜のことをざまあみろとは思えなかった。

「勘違いするな、か」

「ん？　瀬那ちゃん、なにか言った？」

美玲にはよく聞こえなかったようで聞き返してくるが、瀬那は首を横に振った。

「ううん、なんでもない。私もそろそろ帰るね」

「うん。また明日《あした》ねー」

友人たちと別れを告げ、帰宅する瀬那の頭の中に浮かぶのは枢の言葉。

『勘違いするな』

それはまるで瀬那に言われたように感じた。

なぜこんなにも胸が痛いのだろう……。

その夜、今日も枢の家の前にやって来てしまった瀬那は、扉の前でため息を吐く。

本当に誰かに知られたら厄介なことになるだろうに。

特に愛菜とか、枢のファンとか。

けれど、瀬那はここに立っている。

嫌なんかではない。そう、嫌なんかでは……。

むしろ、枢との時間を望んでいる自分がいることに、瀬那は戸惑いを隠せないのだ。

昼休みの一時。

そのわずかな時間だけで満足していた。

今では明日はどんな料理を作ろうかなんて、心を弾ませながらメニューを考えている。

上手《うま》く隠しているつもりだった。自分自身にさえ。

けれど、もっともっと貪欲《どんよく》な心が溢《あふ》れてくる。

瀬那の前でだけ見せる、教室にいる時とは違った表情を一つ一つ見るたびに心がぎゅっとしめつけられる。

駄目なのに。

枢には好きな人がいるというのに。

けれど、枢との時間は瀬那にとって今や特別な時間となっていた。

お互いなにを話すでもない。

なにも話さぬまま沈黙で終わる日だって多々ある。

それなのに、枢と過ごす昼休みは普段とは違う安らぎと胸の高鳴りの、二つの相反する心を瀬那に与えた。

けれど、いつまでそんな時間を共有できるのだろうか。

始まりは突然だった。なら、終わりだって突然でもおかしくはない。

瀬那はそれを今一番恐れていた。

この特別な時間を二人で過ごす日々が終わることを。

ぼんやりと立ちすくんでいると、目の前の扉が突然開いた。

そこには、あきれた顔の枢が立っていて……。

「いつになったら入ってくるんだ?」

どうやら今日も防犯カメラで見られていたらしい。

「ほら、早く入れ」

「……うん。お邪魔します」

そう言ってから入ると、昨日と変わらないイングリッシュガーデンが外に見えた。

「すぐ作るね」

「ああ」

ここでも特になにか話すわけではなく、お互い言葉数は少ない。

けれど、不思議と気まずさはなく、むしろ居心地がよく感じるのはなぜだろう。

昨日とは違って洋食にしようと、オムライスを作った。

卵を半熟トロトロにするのが難しいのである。

慎重に作ったオムライスとスープをダイニングテーブルに載せ、食べ始める。

会話はなく、静かすぎる食事が始まった。

心の中にあるのは、この時間が少しでも長く続けばいいのにという想い。

けれど、すぐに瀬那は己を律する。

枢にとっては家政婦に過ぎない。

勘違いしてはいけないと。

それなのに……。

最後の一口を食べた枢から一言。

「うまかった」

普段他人には見せない枢の微笑みながらの賛辞に、瀬那はぎゅっと胸が締め付けられる。

「本当？」

「ああ。瀬那の料理はいつもうまい」

そこに嘘はないように感じて嬉《うれ》しくなってしまう。

「お口に合ってよかったです」

はにかみながら答える瀬那に、枢も穏やかな表情をしていた。

学校では見た覚えがないその表情。

それが自分だけのものであったらいいのにと、瀬那の心に我儘《わがまま》な気持ちが湧いてくる。

「なんで敬語なんだ」

「なんとなく？」

「なんだそれは」

互いに小さく笑みを浮かべる。

「明日はなにを作ろうかな？」

「なんだっていい」

「それが一番困るのに」

瀬那は少し不満そうな顔をする。

実際に枢はなんでも残さず食べるので、余計になにがいいのか悩むのだ。

どうせなら好きな物を作ってあげたいと思うからこそ。

「お前が作るものならなんでも好きだ」

頬杖《ほおづえ》をつきながら教室では絶対に見せない優しい笑みを浮かべる枢に、瀬那の心臓がドキリと跳ねる。

けれどその直後、あの言葉が蘇《よみがえ》る。

『勘違いするな』

冷たい眼差《まなざ》し。冷たい言葉。

それを思い出した瞬間、瀬那の胸は激しく痛み、服の胸元をぎゅっと握りしめる。

ああ、駄目だ……。

もう、耐えられない。

そう瀬那の心が叫んだ。

「つっ……」

瀬那の顔が苦しげに歪《ゆが》む。

「どうした？」

怪訝《けげん》な顔で見てくる枢に瀬那は吐き出した。

「ごめん。やっぱりもう作れない！」

そう言って立ち上がった瀬那を枢はびっくりしたように見上げる。

そして、食べ終わった食器を急いでシンクに置き、泣きそうな顔で枢を見た。

「ごめん。ご飯を作るのは今日で終わりにするね。昼休みももう非常階段には来ないで……」

「おい」

「ごめんっ」

そのまま言い捨てるように出て行こうとした瀬那を、枢は許さず腕を摑《つか》み引き寄せる。

「なんだ、どうしたんだ急に。なにか嫌なことでもあったか？　俺がなにかしたなら言ってくれ」

枢はなにがなんだか分かっていない様子だ。

どこか焦っているように見えるのは、瀬那という食事係がいなくなると思ってのことか。

「作るのが嫌になったか？」

「違う……。嫌なわけじゃない……」

「なら、どうしたんだ？」

今の瀬那には残酷なほどに優しい声で問う枢は、俯《うつむ》く瀬那の頬に手を伸ばし顔を上げさせる。

頬に添えられるその手すら優しく労《いたわ》るような温かさがあり、それが余計に瀬那を辛《つら》くさせた。

「止《や》めて、優しくしないで……」

瀬那は手をどかそうとするが、今度は両手でしっかりと頬を包まれて顔を上げさせられる。

逃げられない瀬那と枢の視線が絡み合う。

「なにがあったんだ？　どうした？」

頬に添えられた枢の手。その親指が瀬那の目元を拭《ぬぐ》ったことで、瀬那は自分が泣いていることに気が付いた。

「言わなければ分からないだろう」

なんと残酷なのか。

枢は瀬那の口から言わせようとしている。

この醜い心の内を。

「瀬那」

優しい声色で心配そうに名を呼ぶ。

枢が女の子を下の名で呼んでいるところを聞いたことはない。

あの愛菜でさえ。

それが、余計に勘違いさせることを枢は分かっていないと、瀬那は怒りすら湧いてきた。

「やめて。私、勘違いしちゃうから」

「なにを勘違いするんだ？」

「枢が優しいから……。そんなはずないのに。枢には好きな人がいるって知ってるはずなのに。なのに、枢の目が優しくて、だから私は勘違いしそうになっちゃうの。枢の好きな人が私だったらいいのにって」

するとか枢はわずかに目を見開いた。

ああ、言ってしまったと、瀬那は胸が苦しくなる。

視線をそらす瀬那には、枢がどんな顔をしているか分からない。

「だからもう止めたい。勘違いした馬鹿な女になりたくないの……。今ならまだ引き返せると思うから」

愛菜のようにあんなに冷たい目で枢に見られてしまったら、立ち直れそうにない。

だから、その前に終わらせよう。

今度こそ枢の手を離させようとすると、逆に手に力がこもった。

「それを聞いてやめさせるか。勘違いするなら勘違いしろ。むしろさせるためにこうしてるんだ」

視線をそらしていた瀬那は、はっと枢に目を向ける。

「気付け。俺はなんとも思ってない女の料理を食べたり、ましてや家に入れたりしない」

静かで、けれど強い力を持った枢の眼差しが瀬那を捉《とら》える。

目を見開く瀬那は、信じられないという表情を浮かべる。

「それって、どういう意味……？」

わずかに瀬那の声が震えるのは期待しているからだ。

「好きなのはお前だ。ずっと見ていたと前にも言っただろう」

「嘘……」

「嘘じゃない。俺が好きだと言っていたのはずっとお前だった」

「私、夢見てる……？」

ここにきて信じようとしない瀬那に、枢は焦《じ》れた顔をし、瀬那をその腕に抱きしめた。

息をのむ瀬那に、枢の声が降ってくる。

「ここまで近付くのにどれだけ時間をかけたと思ってるんだ。夢ですませるな」

「だって……。だってぇ……」

もう瀬那は半泣きだ。

あの枢が。あの一条院枢が、自分を好きだという。

夢としか思えなかった。

「お前はどうなんだ。まさか俺にここまで言わせて知らん振りはさせないからな」

「っ……」

瀬那は抱きしめる枢の背におそるおそる腕を回した。

「私も好き……」

そう口にした瞬間、抱きしめる枢の腕の力が強くなった。


翌日、瀬那は夢心地な気分で目が覚めた。

あの後、どのようにして家に帰ったかほとんど記憶にない。

ただ、その前のことはよく覚えている。

あの枢が瀬那を好きだと言ったこと。

そして、瀬那もそれに想いを返した。

「——っ！」

今頃恥ずかしさが湧いてきて両手で顔を覆う。

足をバタバタさせて身悶《みもだ》えていると、スマホが鳴った。

慌てて取ると、相手は兄の歩だった。

『おー、瀬那、おはよう。兄ちゃんはこれから仕事だ。後三日ほど留守にするけど、戸締まりはちゃんとしとくんだぞ』

「うん。分かった」

『じゃあ、今日も頑張ってな』

「お兄ちゃんも頑張ってね」

プツリと切れたスマホの画面に映し出された時間を見て、瀬那は慌ててベッドから出る。

「大変。お弁当作らなきゃ」

悶《もだ》えている場合ではなかったと、大急ぎで支度をして学校に向かう。

学校で枢と会ったらどんな顔をしたらいいかと、悶々《もんもん》としながら登校した瀬那だったが、教室に入った瞬間、そんな思いはどこかへふっ飛んでいった。

足を踏み入れた瞬間に感じた異様な空気。

他の生徒も戸惑いを隠せないでいる様子だ。

すでに教室にいた美玲を見つけたので一直線に向かう。

「美玲」

「あっ、おはよう。瀬那ちゃん」

「おはよう。けど、それより、なにかあったの？」

すると、美玲は苦虫《にがむし》を嚙《か》み潰《つぶ》したような顔をした。

「あれよあれ。新庄さんの机」

「机？」

愛菜の机を見ると、ペンキのようなもので書かれた中傷の言葉が目に入る。

「えっ、ちょっとあれ……」

「朝来たらああなってたのよ。誰が書いたかはまだ分からないけど、新庄さん相手にあんなことして命が惜しくないのかしらね」

そんなことを美玲と話していると、美玲の友人も話の輪に加わってきた。

「それがね、昨日のことが決定打になったみたいだよ」

「どういうこと？」

「ほら、昨日、新庄さん一条院様に玉砕してたでしょ？　それもあんな大勢の前で。元々新庄さんって女子受け悪かったところに、あの一条院様のぶった切った言葉があって、彼女になにかしても一条院様は関わってこないんじゃないかって」

「なるほど。確かにあれはいっそ爽快《そうかい》なほどの玉砕っぷりだったわね」

納得げな美玲を前に、その友人はさらに続ける。

「彼女に嫉妬《しっと》してても、裏に一条院様がいるからって手を出せなかった鬱憤《うっぷん》が、ここにきて爆発したんじゃないかって」

そんな話をしていたら愛菜が教室に入ってきた。

若干目が赤く腫《は》れて見えるのは、昨日の枢とのことがあったからだろうか。

自分の机を見た愛菜は激しくショックを受けている様子だ。

「なに……これ。誰？　誰がこんなことしたの⁉」

教室内を見渡して怒鳴り散らすが、誰もが傍観者だ。

「誰なのよ！　ひどいこんなの……」

愛菜に思うところはあるものの、さすがにかわいそうなので手を貸そうと瀬那が一歩踏み出したが、美玲に腕を引かれた。

「瀬那ちゃん、一条院様たちが来たよ」

美玲の言う通り、枢と瑠衣と総司が教室に入ってきた。

枢を見てもどんな顔をすればいいかとうろたえている状況ではなく、瀬那を始めとした生徒は枢の動向を見守った。

愛菜は枢の姿を見つけると、昨日のことなど忘れたかのように枢に駆け寄る。

「枢君！　ひどいのよ。誰かが私の机に落書きしたの！」

枢は愛菜の机を見てわずかに眉《まゆ》をひそめたが、表情が変わったのはその一瞬だけ。

枢はなに事もなかった顔で愛菜の横を通り過ぎると、自分の席へ座った。

一応はこれまで近くにいた唯一の女の子だというのに、少々冷たすぎないかと、瀬那は思った。

瀬那の知る枢は、冷たそうに見えて優しい人だと思っているからこその違和感。なにか事情でもあるのかもしれない。

「お昼に少し聞いてみようかな……」

瀬那が美玲にも聞こえないほどの声でつぶやく。

「枢君！」

バンッと机に叩《たた》き付けるように手を乗せた愛菜に、ようやく枢は視線を向けるも、すぐにその視線は別の方向へ。

その先には総司がいる。

「総司。お前の幼馴染《おさななじ》みだ。お前がなんとかしてやれ」

「枢君がなんとかしてくれないの？」

ウルウルと瞳《ひとみ》を潤ませて、女子から見ればあざとさが見える甘えた表情で懇願する愛菜を枢は一瞥《いちべつ》すらしなかった。

「総司」

呼ばれた総司は面倒臭そうにしながら、愛菜の腕を掴《つか》む。

「ほら、愛菜、来い」

「やだっ。私は枢君に……」

「俺がお前のためになにかをすることはない。今後一切な。だから期待するな」

枢の冷たいその言葉を受けても愛菜はまだなにか言おうとしたが、その前に総司に腕を引かれ枢から離された。

その後、総司は、ノワールのメンバーらしき男子数名に愛菜の机を新しいものと変えるように頼み、瑠衣となにやら話し込んでいた。

その間、愛菜はチラチラと枢を気にしていたようだが、枢が愛菜に目を向けることは一切ない。

この問題に枢は関わらないと明言したが、総司と瑠衣が動いたことで愛菜に対する悪意ある声は小さくなっていった。

犯人はすぐに分からなかったものの、それ以上の嫌がらせも起こらないまま昼休みとなる。


その昼休み、瀬那はお弁当を持ったまま、非常階段に入る扉の前で足を止めてしまう。

愛菜の問題ですっかり忘れていたが、昨日の今日なのである。

昨日の枢とのことを思い出して、瀬那の顔には熱が集まってくる。

しかし、いつまでも突っ立っているわけにもいかないので、おそるおそる扉を開き非常階段へ出ると、そこにはすでに枢が座っていた。

平常心と心の中で唱えつつ階段を下りて枢の隣に座ると、いつものようにお弁当を広げていく。

そして枢に箸《はし》を渡せば、箸ではなく瀬那の手首を摑まれてしまう。

驚いて枢の顔を見れば、不敵な笑みを浮かべていた。

「昨日のこと、忘れてないだろうな？」

まさかさっそく核心に迫ってくると思っていなかった瀬那はドキッとしたが、顔を赤くしながらぽつりとつぶやく。

「わ、忘れてない……」

「ならいい」

今度はしっかりと箸を受け取り、お弁当へ手を伸ばした。

瀬那はいつも通りを心がけながら本を開いてみたものの、まったく内容が頭に入ってこない。

チラチラと枢を見ればいつもと変わらぬ様子。

自分ばかりが気になっているようで、少し不満である。

そんなことを思いながら見ていると枢と目が合い、瀬那は慌てて目をそらす。

「なんだ？」

「別に……」

「なんだ？　別にじゃ分からないだろ。言ってみろ」

「…………」

たっぷりの沈黙の後、瀬那は手元の本を見ながら昨日から気になっていたことを口にした。

「あの……私たちって、付き合ってる、でいいの？」

すると、今度は枢が沈黙する。

なぜそこで沈黙するのかと不安になった瀬那が枢をうかがえば、枢は片手で顔を覆っていた。

その反応は予想外だ。

「えっ、違った？」

まさかの勘違いかと動揺した瀬那に対し、枢は顔から手を離したその手を瀬那の後頭部に伸ばし、そのまま引き寄せた。

近付いてくる枢の顔になにかを考える間もなく、枢の唇が瀬那の唇にそっと触れ、ゆっくりと離れていく。

それをぽかんとした表情で見ていた瀬那は、キスされたことを悟ると顔を真っ赤にした。

「これ以上なにか言いたいなら、もう一度するが、どうしたい？」

あきれと共にわずかな怒りも感じさせる枢に、瀬那は無言で首を横に振って否定した。

そして、いつも通りの……いや、いつもとは少し違う関係となった二人の時間が流れていく。

どこかむずがゆさを感じた瀬那は空気を変えるように話しかける。

「ねえ、枢」

「なんだ？」

「新庄さんのこと助けてあげなくていいの？」

枢は瀬那の心の中を探るようにじっと見つめてから、視線をそらす。

「ああ。俺が手を出せばあいつはまた俺に期待する。気持ちに応える気もないのに期待させるつもりはない。あいつのためにもそれがいい」

「そう……」

「総司と瑠衣が動いてる。あの二人が動いて嫌がらせをする馬鹿はいないだろう」

冷たく見えるが、枢は枢なりに相手のことを考えているのだ。

今思えば、小林さんの一件も、そうだったのだろう。

決して、見えるものがすべてではない。

その後、総司と瑠衣がノワールを動かして徹底的に捜査を始めたためか、愛菜への嫌がらせが起こることはなかった。

その間、枢は傍観者に徹した。


瀬那が枢と恋人同士の関係になって数日。

二人が付き合いだしたという話はどこにも流れていない。

そもそも会うのは、誰も来ない昼休みの非常階段と、枢の家でだけだ。

教室で二人が話をすることはないので、付き合っていると誰も気付かないのだ。

枢も瀬那も自分から主張するような性格ではないというのもあるだろうが、瀬那は
枢と付き合っているのが知られた時の女子からの嫉妬《しっと》が恐ろしかった。

対処方法がないわけではないので、バレるまではそのまま放置のつもりだ。

だが、特に仲のいい美玲と翔と棗にだけは話してもいいかと思っている。

そこで、いつものように枢の家で夕食を一緒にしている時に枢に聞いてみた。

すると……。

「好きにしたらいい」

と、なんともあっさりとした返答だった。

「そもそも、俺は隠してるつもりはない」

「そうなの？」

「誰も聞いてこないから言ってないだけだ」

「それって、和泉さんや神宮司さんにも？」

「ああ」

瑠衣や総司にも聞かれていないから言っていないとは、なんとも枢らしい。

二人とて、枢に彼女できた？　なんて聞くわけがない。

なにせ、教室で見る枢はいつも通り変わらないのだから。

正直、瀬那と二人の時でも以前とあまり変わった気がしない。

むしろ付き合う前の方が、枢は積極的だったように思う。

キスをしたのもこの前の一回だけで、その後はそんな雰囲気になることも、切なく、
あれ？　と思うことがないわけではないが、瀬那から聞くのははばかられた。

「枢が問題ないなら言おうかな。でも、枢と付き合ってるなんて突然言っても笑い飛ばされそうなんだよね」

美玲は分からないが、翔は絶対に笑い飛ばすと瀬那は確信している。

なにか証拠を見せなければ納得しないだろう。

「証拠か……」

じぃーっと枢を見てからはっと閃《ひらめ》いた。

「枢、枢。ちょっとこっち来て」

食事を終えた枢をソファーに呼び、隣に座ってもらう。

そして、枢に顔を寄せてスマホでカシャリと二人の写真を撮った。

「これを見せたらさすがの翔もなにも言うまい」

驚いた顔を想像して満足げにしている瀬那を見ていた枢は、なにを思ったのか瀬那のスマホを取りあげ、瀬那にこれまでそぶりすら見せなかった二度目のキスをする。

その瞬間、カシャリと音がした。

「か、枢⁉」

驚く瀬那にスマホを返した枢は、ニヤリと意地の悪い笑みを浮かべた。

「それを見せたら一発で信用するだろ」

画面に視線を落とすと、そこには二人がキスをしている写真が写っていた。

「こんなの見せられるわけないでしょ‼」

「くくっ」

顔を真っ赤にして怒る瀬那に、枢は肩をふるわせて笑った。

そんなことがあった後日、その日は珍しく美玲たちと昼ご飯を食べる約束をしていた。

枢にはあらかじめ言ってあるので、今日は一人分のお弁当だ。

枢からも許可を得たため、付き合っていることを話そうと考えていた。

「瀬那ちゃんとお昼一緒に食べるの久しぶり〜」

嬉《うれ》しそうにする美玲に少し申し訳ない気持ちになる瀬那は、生徒会の部屋で翔と棗を加えた四人で昼ご飯を取るところだ。

「なんか最近付き合い悪いからな、瀬那は。そんなんだと友達なくすぞー」

「それぐらいで切れる関係じゃないから大丈夫」

翔にそう答えてお弁当を広げた。

「相変わらず瀬那の弁当はうまそうだな」

瀬那のおかずを狙って手を伸ばして来た翔の手を美玲がぺしっと叩《たた》き落とす。

「翔は彼女からの愛妻弁当でも食べてなさい」

「はいはい」

翔の昼食は彼女お手製のお弁当だ。

毎日作ってきてくれるらしい。

学校が違うというのに健気《けなげ》なことだ。

美玲はサラダと玄米おにぎりを持参している。

モデルの美玲は体形維持のために食事には気をつけているのだ。

棗が全員分のお茶を用意してくれて、ようやく食べ始める。

初めは他愛ない会話を続けていた四人だったが、瀬那はいつ切り出そうかと機会をうかがっていた。

「翔は相変わらず彼女とラブラブなの？」

「当然」

ドヤ顔をする翔に、聞いた美玲がやれやれというように肩をすくめる。

「聞いた私が悪かった」

「お前も早く彼氏作れば？　美玲なら選《よ》り取り見取りだろう？　月に何回告白されてるんだよ」

「なんかピンとこないんだよねー。やっぱり高校生は駄目。なんだか子供に見えちゃって。私は大人な年上の人がいいなぁ」

美玲は大人に囲まれて仕事をしているせいか、学校にいる同じ年代の子では少し幼く感じてしまうようだ。

「年上で、エスコートがスマートで、背が高くて、優しくて、格好よくて……」

「お前には一生彼氏なんて見つからないと思う……」

翔の言葉に、隣に座る棗がコクコクと頷《うなず》いた。

「なによぉ」

むくれる美玲は瀬那を見るとぱっと表情を明るくする。

「瀬那ちゃんはどうなの？」

「えっ？」

突然話を振られて瀬那は驚く。

「瀬那ちゃんは誰か好きな人いないの？」

「そういえば瀬那のそんな話聞いたことないな」

「うん、ない」

言うなら今ほど絶好のチャンスはないだろう。

瀬那は意を決して口を開いた。

「……好きな人というか、今付き合ってる人がいる」

そう告げた瞬間、大きく目を見開いた美玲に肩を摑《つか》まれた。

「うそ、本当⁉　いつから⁉　私の知らないうちにどういうことなの、瀬那ちゃん！」

「おいおい、いつの間に彼氏なんて作ったんだよ」

美玲だけでなく、翔と棗も驚いた顔をしている。

「この学校の人？」

こてんと首を傾げる棗に、瀬那はこくりと一回頷いた。

その瞬間、美玲のテンションはマックスになる。

「きゃー。誰、誰!?」

「ほんとだよ、誰だよ。同じクラスの奴？」

「うん」

「ますます誰だよ。クラスメイトで瀬那と仲のいい男子なんていたか？」

翔も想像ができないらしい。

「そんなそぶり全然見せなかったじゃない、瀬那ちゃんったら」

誰かを告げたらもっとテンションが激しくなるなと思いながら、瀬那はぽつりとその名をこぼす。

「えっと……枢です」

「ん？　枢」

きょとんとする翔と棗に対し、同じクラスである美玲が察するのは早く、顔を強張《こわば》らせて手を震わせている。

「せ、瀬那ちゃん、まさか……。同じクラスの枢って……。あの？」

「うん」

「うそだー!!」

今日一番の絶叫をする美玲。

外まで聞こえたんじゃないかと、瀬那はハラハラした。

「おーい。お前らだけで分かってて、こっちは置いてけぼりなんですが」

「なに言ってるのよ、翔！　私たちと同じクラスで枢って言ったら一人しかいないでしょう!?　一条院枢様よ！」

ぽかんとした顔で固まる翔は、次の瞬間声をあげて笑った。

「あはははっ。ないない。瀬那が一条院となんて」

瀬那が予想していた通り笑い飛ばした翔を、瀬那はじとっとした眼差《まなざ》しで見つめる。

「翔は絶対に笑うと思った」

「だって、あの一条院とか。あり得ないって」

「そう言うなら、これでどうだ！」

瀬那はスマホを操作して、昨日撮った写真の画面を出す。

もちろん普通に撮った方だ。

枢とのキス写真など見せられるわけがない。

印籠《いんろう》を出すように翔の前に突き出せば、そこに写っている瀬那の隣にいる枢の姿を見て、ようやく翔は笑いを引っ込めた。

「えっ、マジ？」

美玲と棗もスマホを覗《のぞ》き込む。

「うわぁ、本当に一条院様だ」

「偽者じゃない？」

「合成とか……」

「違います！」

まだ信用しきれていない棗と翔の言葉を否定し、スマホをポケットに戻した。

「最近美玲とお昼一緒にできなかったのも、枢と食べてたからなんだけど……」

「瀬那ちゃん、枢って呼び捨て……」

美玲はお昼を一緒に食べていることより、枢を呼び捨てにしていることの方が気になったようだ。

それも仕方がない。これまで枢を下の名前で呼んでいた女の子は愛菜ぐらいだったから。

「本当に付き合ってるんだ」

「うん、まあ……」

尊敬の眼差しを向けてくる美玲に、瀬那はむずがゆくなる。

他人に言われてようやく実感する。自分は枢と付き合っているんだと。

「はあ、瀬那が一条院とねぇ」

ようやく翔も納得したようで、感心したように息を吐く。

「すごい、やったね、瀬那ちゃん。おめでとう」

素直に喜んでくれる美玲に、瀬那も自然と笑みが浮かぶ。

「いや、喜んでばかりもいられないぞ。これが他の奴らに知られたら……」

「血祭りにあげられるね」

さらっと怖いことを言う棗に、瀬那と美玲は頰を引きつらせる。

目を血走らせて追いかけてくる女子たちが目に浮かんだからだ。

「バレるまではできれば内緒でお願い」

「まあ、それが賢明だな」

「うん」

翔と棗はすぐに了承してくれたが、美玲は難しい顔をしている。

「美玲？」

「う〜。だって瀬那ちゃん。このこと言っちゃえばあの女に目にもの見せてやれるのに」

「あの女？」

「新庄さんよ」

瀬那は思わず「あー」と苦い顔をする。

「まあ、ショック受けるだろうね」

「さんざん瀬那ちゃんに迷惑かけてたんだもん。一条院様のこともあきらめてなそうだし、瀬那ちゃんが彼女だってことを教えて牽制《けんせい》しておかないと、また一条院様にちょっかい出すよ？　嫌じゃないの？」

「まあ、嫌だなって思ったこともあったけど、あまりにも枢の対応がドライすぎて」

むしろかわいそうとすら思ってしまう。

「気にする必要なんてないよ。だって、一条院様たちの話聞いてたら、一条院様を下の名前で呼んでるのだって無理やりみたいだし。あれだけ拒否られても、まだあの女は一条院様にべったり話しかけてるのよ」

「すごい精神力だよねー」

「感心してる場合じゃないでしょ、瀬那ちゃん！」

まるで我が事のように美玲が怒る。

むしろ瀬那があっさりしすぎているのかもしれない。

「枢が新庄さんに気がないのは見てれば分かるから。あれで枢も動じていたら嫉妬《しっと》してたかもだけど、こっちがびっくりするほど眼中にないんだもん。それに、付き合ってることを知った時の新庄さんが面倒臭そうだから、しばらく放置がいい」

「最後のが瀬那の本音だな」

付き合いの長い翔が、的確に瀬那の心を見透かす。

今なら枢が無視すればすむ話だが、付き合っていると愛菜に知られたら、からまれるのは確実である。

もうしばらくは平穏な時を過ごしたいので、面倒な愛菜は枢に押しつけるにかぎる。

枢のことを美玲たちに話せてスッキリした瀬那は帰宅後、その日も枢の家に行こうと自宅を出た。

エレベーターが開き、降りてくる人がいたので道を空けようと横に移動した瀬那は、その人の顔を見て驚く。

「お兄ちゃん？」

「おお、瀬那。ただいま」

「えっ、どうして？　今日も遅くなるはずじゃないの？」

「それが、先方の都合で会食がなくなったんだよ。だから久しぶりにかわいい妹の手料理を食べようと思ってさ。ほら、最近は朝も早くて一緒に食事できなかっただろう」

ニコニコと嬉《うれ》しそうにする歩には悪いが、瀬那は必死にこれからどうしようかと頭を回転させていた。

歩が帰ってくるとは思っていなかったので、もちろん買い出しなどしていない。なにせ、食材は枢が家で用意してくれているのを使うからだ。

枢に突然行けないと言うのも申し訳ないし、どうしたものかと考えている瀬那に、歩は無邪気に問いかけてくる。

「ところで、瀬那はどこか行くのか？　なにか買い忘れか？　それならお兄ちゃんが買ってきてやるぞ」

「いやぁ、それが……」

ここは素直に話すことにした。

最近は彼氏の家で夕食を一緒にしているということ。

彼はこの同じマンションの最上階に住んでいること。

それを聞いた兄は夜叉と化した。

「つまり、瀬那はこれからその男の家に行くところだったと？」

「うん」

歩はニコニコと笑顔になって、瀬那の肩に手を乗せる。

「そうか、じゃあ行くか」

「えっ、行くってお兄ちゃんも？」

「当たり前だ！　瀬那に相応《ふさわ》しい男かお兄ちゃんが確かめてやる」

「えー」

枢に連絡を入れる暇もなく連行された瀬那は最上階の枢の部屋の前へ。

恋人になってからは、もらっていた鍵《かぎ》で入るようになっていたので、普段は押さないインターホンを鳴らした。

玄関を開けて顔を見せた枢は特に驚いた様子もなく瀬那たちを迎え入れる。

むしろ驚いているのは歩の方だ。

「えっ、一条院の枢さん？　えっ？」

処理能力が追いつかないのか、しきりに「えっ？　えっ？」と動揺している。

まあ、妹の彼氏と思って出てきたのが、天下の一条院家の御曹司なら普通の人間は驚く。

突っ立つ歩の手を引いて家の中に入った瀬那は、とりあえず歩をダイニングの椅子に座らせ、キッチンで調理に取りかかった。

その横では、枢が二人分のコーヒーを淹《い》れている。

「枢、ごめんね。お兄ちゃんが珍しく早く帰って来ちゃって、いつも夕食はここで食べてるって説明したら自分もついていくって強引に来ちゃって」

「いや、問題ない。瀬那の兄さんだ。近いうちに挨拶《あいさつ》をしておくつもりだったからちょうどいい」

「気を遣わなくていいからね」

「ああ」

枢は二人分のコーヒーを持って歩のところに向かった。

それをキッチンから見ていた瀬那だが、年上の歩の方が恐縮しているようなので大丈夫だろうと、調理に集中することにした。

そしてできあがった料理を持ってダイニングに行けば、なぜか先程とは違い眉間《みけん》に皺《しわ》を寄せた不機嫌全開の歩がいた。

枢は平然としているが、この少しの間になにがあったのかさっぱり分からない。

すると、突然歩がテーブルに拳《こぶし》を叩《たた》きつける。

驚く瀬那を気にせず、歩は吠《ほ》えた。

「瀬那はまだ嫁にはやらん!!」

この馬鹿兄はなにを言っているのかと、瀬那は頭痛を覚えた。

「お兄ちゃん！　なに言ってるのよ」

「なにじゃない。まだ高校生で結婚は早い！」

「そういうことじゃなくて……」

「じゃあ、二十歳になってからにします」

なにを思ったのか、枢まで歩の話に乗っかりだした。

「枢まで……」

「二十歳だってまだ若い！　瀬那は大学に行くつもりなんだ」

「俺の父親は二十歳の時に結婚して俺が生まれました。今どき学生結婚も珍しくありません」

　敬語を使う枢を新鮮に思いながら、なぜ話題が結婚の話になっているのか瀬那にはまったく頭が追いつかない。

「ぐぅ……。だが……」

「結婚しても部屋がここに変わるだけでいつでも会えます。それよりも、とっとと既成事実を作った方が、大学に入って変な虫が付かなくていいと思います」

　それが、歩のどの琴線に触れたのか分からないが、二人は無言で見つめ合い、一拍の後、固い握手をした。

　最後は上機嫌の歩が普通に枢と打ち解けていたので、瀬那にはなにがなんだかさっぱりである。

　しかし、歩が枢との仲を認めてくれたのだけは確かなようだ。

　枢の口から飛び出した『既成事実』という言葉は聞かなかったことにする。


　そんな昨夜の出来事を、翌日の放課後一緒にカフェに来ていた美玲に話すと、美玲はニマニマと笑う。

「結婚の話まで出るなんて瀬那ちゃん進んでる～」

「美玲ったら、面白がってるでしょ」

「だって、瀬那ちゃんの恋バナなんて新鮮だもん。しかもすでに結婚の話まで出てるなんて」

「あれはお兄ちゃんが先走りしすぎただけよ。枢まで乗っかってくるし。枢があんな冗談言うなんて思わなかった」

冗談を言っているような顔をしていないので、なおさら本気のように見えるから始末に悪い。

「いや、瀬那ちゃん。それ冗談じゃないかもよ」

「えっ？」

「一条院家の人って、代々情熱的な人が多いんだって。お祖父《じい》様は、十歳にも満たない時に出会った奥様に一目惚《ひとめぼ》れして、そのまま一条院の権力で婚約者にしたとか。今でもラブラブらしいよ」

「へぇ」

その祖父が何歳だった時の話なのか気になる。年齢が年齢なら大問題だ。

「そしてお父様の聖夜様も、家庭教師として出会った五歳も年上の女性に恋をして、そのまま何年もかけてアタックして、見事結婚。瀬那ちゃんもちゃんと考えておかないと、気がついた時には外堀埋められてるかもよ」

「なっ！」

こそっと言われて瀬那は顔を赤くした。

「そんなことあるわけないじゃない」

「分からないよ。一条院はそういう一途な人が多いんだもん。そのせいか、一条院家では政略結婚とかさせずに代々恋愛結婚らしいよ」

「だからって、結婚なんて、まだ十七歳なのに」

「聖夜様は二十歳で結婚して、一条院様が生まれてるよ」

確かに枢も昨夜そんなことを言っていた。

そして歩に、二十歳まで待つとも。

もしそれが冗談などではなく本気で言っていたのだとしたら……。

瀬那は赤くなっているだろう顔を両手で覆った。

「瀬那ちゃんかわいい」

「茶化さないでよ」

ニコニコと笑う美玲をじとっとした目で見る。

「最初、一条院様と付き合ってるって聞いた時は大丈夫なのかなって思ったけど、問題なさそうでよかった」

「美玲……」

「でも、他は問題ありありだけど。新庄さんとか一条院様のファンとか」

せっかく女の友情に感動していたのにその言葉で台なしである。

「もしバレたらどうするの？」

「枢のファンはなんとかなると思う。一応対策は考えてるから。問題は……」

「新庄さんか」

「はぁ……」

考えるだけで瀬那はため息が出た。

「枢も、特に隠す気はないみたいだから、いずれ知られるだろうけど、面倒臭いことは嫌だなぁ。読書の時間が削られそう……」

瀬那にとって困るのはそこだ。

「瀬那ちゃん、読書どころじゃなくなるね」

「和泉さんとか神宮寺さんに助けてもらうとかは？」

「あの二人で抑えられると思ってるの、瀬那ちゃん？」

「……まったく思わない」

かと言って、枢のファンと違い愛菜への対策は思いつかないのだ。

まあ、結局その時にならなければ分からない。

愛菜がどんなことをしてくるのか予想がつかないのだ。

いざという時は親衛隊を総動員して対処しようということで、その話は落ち着いた。

歩に枢とのことを認めてもらえてから変わったのは、夕食後もしばらく枢の部屋で過ごすようになったことだ。

歩が帰ってくるのは遅く、部屋で瀬那を一人で留守番させているよりは枢と一緒にいる方がなにかと安心だと、歩からのお許しが出た。

このマンションではコンシェルジュがマンションのエントランスに常駐しており、不審者が入ってくればすぐに分かるのだが、過保護な歩はそれでも心配らしい。

平日は学校があるので遅くまでいないが、翌日が休みの日だと普段より居座る時間は自然と長くなる。

特にもうすぐ試験があり、学年でトップの成績をおさめている枢を頼らない手はない。

明日《あした》は休みということで、勉強道具を持参で枢の家にやって来ている。

が、夕食を終えた瀬那は、テーブルに置いた教科書には目を通さず、ソファーに座って大画面のテレビで最近配信されたホラー映画を見ていた。

そんな瀬那を枢はコーヒーを飲みながらあきれた顔で見ている。

「勉強はいいのか？」

「これが終わったらする」

声をかけた枢に視線を向けることなく、目はテレビに釘付《くぎづ》けだ。

クッションを抱きしめながらビクビクしている瀬那に、枢はいたずら心が働いたのか、ちょうどクライマックスの一番怖い場面に来た時にフッと耳に息を吹きかけた。

「ひゃっ！」

びくっと体を強張《こわば》らせた瀬那は、枢に恨めしげな眼差《まなざ》しを向ける。

「枢！」

枢は笑いをこらえていた。

「怖いなら見なければいいだろ」

「怖いけど見たいの。でも一人だと怖いからここで見てるんじゃない」

「夜寝られなくなるぞ」

「大丈夫。お兄ちゃんと寝るから」

怖がりなくせにホラー映画などを見たがる瀬那は、怖いものを見た日は一人で寝るのが怖いので、いつも歩の部屋に潜り込むのだ。

今日とて、映画を見た後で一人お風呂《ふろ》に入るのは怖いので先に入ってきた。

この映画にはお風呂の場面があるからだ。

そんな何気ない話をすると、枢が眉間《みけん》に皺《しわ》を寄せる。

「まだ兄貴と寝てるのか？」

「こういう時だけね。普段はそんなことしないもの。けど、お兄ちゃんは嬉《うれ》しそうにしてる」

「はあ、シスコンだな」

「そこは否定しない」

なんだかんだ瀬那に甘いのが歩なのだ。

そこへタイミングよく歩から電話がかかってきた。

「はい。お兄ちゃん、仕事終わった？」

うんうんと、歩と話をしていた瀬那の顔が段々と強張っていくのが分かり、枢はなにかあったのかとコーヒーカップをテーブルに置いた。

「そんな！　無理無理無理無理！　今ホラー映画見てたとこなのに。……えっ、嘘！　ちょっと、待って」

プツリと切れたスマホを持ってぼう然とする瀬那に枢は横に座り心配そうに声をかける。

「瀬那？　どうした」

声をかけられた瀬那ははっと我に返ると、枢の手を取って「枢、今日ここに泊めて！」と懇願した。

これには、普段クールな枢も「はっ？」と、呆気《あっけ》にとられる。

「お兄ちゃんが仕事の都合で、帰るの朝方になるって言うの。こんなホラー映画見た後で一人で家にいられない」

必死な様子の瀬那とは違い、枢はあきれが前面に出ている。

「だから、見なければよかっただろう」

「だって、お兄ちゃんが帰ってこないなんて思ってなかったんだもん！　だから泊めて。寝るのはこのソファーでもいいから」

「あのなぁ……」

さすがの枢も困っているのが分かる。

「駄目？　いいでしょ？　というか、駄目って言われても居座る！」

見なければよかったと思っても、見てしまったものはしょうがない。

けれど、瀬那は枢が困っている理由を分かっていなかった。

「あのなぁ、一人暮らしの男の家に泊まらせるわけにはいかないだろ」

「別に彼氏の家にお泊まりとかおかしくないでしょう？」

「そうじゃなくて……」

枢はじっと瀬那を見る。

なにが問題かと不思議そうにする瀬那に、一つため息をつき、瀬那を引き寄せて抱きしめる。

キスができそうなほどに近くなった枢の綺麗《きれい》な顔に瀬那が息をのむと、枢は瀬那の頬に指を滑らせる。

「男の部屋に泊まるってことは、こういう覚悟もできてるって受け取るが、いいのか？」

「はっ！」

突然妖《あや》しげな空気をかもし出すその言葉の意味を理解した瀬那は、顔を赤くして枢と距離を取ろうとするが、枢の腕の力の方が強くてうまくはいかない。

瀬那はそのようなことは一切考えていなかった。

「俺も男だ。好きな女がそばにいて手を出さないでいられる自信はないぞ。それとも、俺の理性を試してるのか？」

到底高校生とは思えない色気を出して問う枢に、瀬那は力の限り首を横に振った。

すると、あっさりと解放される。

「なら、不用意なことは言うな」

枢の言いたいことは瀬那も理解した。少し不用心だったことも。

「うっ……でも、でも、一人でいるのはやっぱり怖いからここにいる！」

枢の忠告をもってしても瀬那の意思は変えられなかった。

枢があからさまに深いため息をつく。

「……分かった」

折れたのは枢の方だった。

「けど、別の所に移動する」

「別の所？」

「ここで襲われたいか？」

「滅相もございません！」

どこかに電話をしだした枢は電話を切ると、瀬那に出かける準備をするように告げる。

と言っても、瀬那が持ってきたのは勉強道具ぐらいだ。

それを持って家を出た二人は、マンションの前に横付けされた車へと乗った。

どうやら枢が移動時に使っている専用車のようで、専属の運転手付きだ。

瀬那は久しぶりに枢が一条院家の御曹司であることを思い出す。

車はそのまま二人を乗せ発車した。

「どこに行くの？」

「ノワールだ」

ノワールは、繁華街にある、枢が仲間のために作ったという噂のクラブである。

「クラブに行くの？」

「正確には元クラブだったところだ。閉店になったクラブをリフォームして、ノワールの奴らが集まれるようにしたんであって、今は店じゃない。俺の別宅みたいなものだ。少し前までは週の半分はそこで過ごしてた」

「今は違うの？」

「好きな女が毎日家に来るのに、他へ行くわけがないだろ」

さらりと瀬那を嬉しくさせる言葉を使う。

枢ぐらいの年頃なら恥ずかしがりそうなセリフも、枢は堂々と口にする。

瀬那はそれに対してなにかを言うことはできず、無理やり話題を変えることでしか話を続けられなかった。

「てっきり不良の溜《た》まり場みたいなのだと思ってたけど、違うのね」

「たまに不良に目をつけられて喧嘩《けんか》になるが、ノワール自体は健全な場所だ。集まる奴らはいいとこの坊ちゃんが多いからな。それに進学校ってこともあって、勉強会みたいなのを毎日開催してる。俺はそんな奴らに場所を提供してるだけだ」

瀬那が噂で聞いていたノワールという場所とはずいぶんイメージが違う。

「もうすぐ試験がある今なら、泊まり込みで勉強しに来てる奴らがけっこういるだろう。中には塾に行けない奴もいたりして、そんな奴らに勉強を教えてやろうってのも集まるから」

一条院学園は、一条院家の莫大《ばくだい》な資金と金持ちから寄付を募ったお金で、支援も行っている。

その一環として、普通なら払えない高い授業料の免除を行っていたりもする。

そのような生徒は、一定以上の水準の成績を求められるので、生徒の方も必死なのだ。

「だから、私にも勉強道具持ってくるように言ったんだ」

「ノワールには参考書や辞書もいろいろと置いてるから、あの家で勉強するよりはかどるだろう」

襲われたいかなどと不穏なことを言っていたが、ちゃんと瀬那のことを考えてくれていたようだ。

まあ、二人だと襲いたくなるというのは決して嘘ではないのだろうが。

しかし、瀬那は大事なことを忘れていた。

ノワールには、学校の生徒たちがたくさんいるということを。

現在、瀬那が枢と付き合っていることはほぼ知られておらず、二人がそろって現れたらどうなるか。

それはすぐに分かることになった。

車が止まり、先に枢が出て瀬那も後に続いて降りようとすると、枢が手を差し出してくる。

　枢の手を取り車を降りると、その指を絡めるように握られる。

　これがいわゆる恋人繋《つな》ぎというものか！　と、衝撃を受けている瀬那の心を知らず、そのまま瀬那の手を引いて、外観はお店のように見える場所へ入っていく。

　玄関を入り、さらにその奥の重厚な扉の中に一歩踏み入れると、家のリビングのような空間が広がっていた。

　元クラブなので中はとても広く、クラブの名残を見せる中二階の席がある。

　枢が姿を見せたことにすぐにそこにいた人々は気付く。

「あっ、枢さんだ」

「最近来てなかったよな」

　枢に気を取られていた彼らだが、手を引かれて後から入ってきた瀬那にもすぐに気がついた。

「えっ！　あれって神崎さんじゃね!?」

「マジだ、神崎さんだ」

「えっ、ちょっと待って。手繋いでるんですけどぉ！」

　一人が絶叫すると、伝染するように広がった。

「嘘だ。誰か嘘だと言ってくれぇ。俺らの天使がぁ！」

「まさかまさかまさか、あの二人付き合ってたのかー！」

阿鼻叫喚《あびきょうかん》となってしまった場で、瀬那はようやく気付く。

枢との関係が生徒たちにバレてしまったと。

今さらではあるが、枢との手を離そうとするも、その手は強く握られていて離れない。

「枢。バレちゃうよ……」

「前にも言っただろう。俺は特に隠す気はない」

「確かに言ってたけど……」

そこにいる人たちの反応を見て、もう遅いと悟った瀬那は、仕方ないと覚悟を決めて枢の手を握り返した。

「ああ、週明けが怖い」

「あきらめろ」

「人ごとみたいに」

恨めしげに枢を見上げるが、枢は我関せずだ。

手を握ったまま、枢は部屋の中を横切り、中二階へと向かうと、そこにはソファーやらテーブルやらが置かれていて、一つの生活できる部屋になっていた。

ソファーには総司が雑誌を開いて横たわっており、向かいには瑠衣が座りパソコンをいじっていた。

二人は枢を……正確には瀬那を連れた枢を見て驚いた顔をしている。

「下が騒がしいと思ったらそういうこと」

「えっなに？　手繋いじゃって、お前らそういう関係だったの？」

納得げな瑠衣と、総司が目ざとく握られた手を見てそう問う。

「ああ。付き合ってる」

枢はなんのためらいもなく肯定してみせた。

すると、下から「ぎゃぁぁ、やっぱりそうだってよ！」と、悲鳴が聞こえてきたが無視することにした。

空いているソファーに二人並んで座ると、瑠衣と総司の視線が集まる。

「はあ、愛菜が知ったら大騒ぎしそうだな」

「いや、絶対するだろ。面倒臭ぇ」

それには瀬那も激しく同感である。

「それにしても、二人がねぇ」

瑠衣が品定めするような目で見てくるので、瀬那は居心地が悪いといったらなかった。

「瑠衣」

窘《たしな》めるように枢が名を呼べば、瑠衣は芝居がかったように大袈裟《おおげさ》に肩をすくめた。

「はいはい。なにもしないよ。最近枢がここに来ないと思ったらそういうことだったわけだ」

「ああ」

「神崎さん」

突然瑠衣に名前を呼ばれた瀬那はびくっとして背筋を伸ばす。

それを見た瑠衣は苦笑を浮かべた。

「なにも変なことしないから怯《おび》えないでよ。枢とのことをどうこう言うつもりはないんだけど、忠告だけしておこうと思ってね」

「忠告？」

「そっ。知ってると思うけど、枢には熱狂的なファンクラブがあってね。きっと今頃下の奴らが噂を広めてるだろうから、週明けには学校中に知られてると思う。そのファンたちには気をつけてって言っておこうと思っただけだよ」

瀬那は神妙に頷《うなず》いた。

それはもう、枢と付き合う時から覚悟の上だ。

「枢のファンの対策は考えがあるので大丈夫、だと思う」

「へぇ、さすがあの花巻さんに喧嘩売っただけあるね」

瑠衣は感心しているようだが、瀬那には茶化されているようにしか聞こえない。

「くっ……」

噴き出すような声が横から聞こえて見ると、枢が口元を手で隠し笑いをこらえていた。

「かーなーめー」

きっと、瀬那が花巻たちを相手に行った大立ち回りを思い出したのだろう。

瀬那がじとりと見れば、枢はさっと視線をそらした。

「笑うなら大声で笑えば？」

「笑ってない……」

「説得力ない！」

ふと見ると、瑠衣と総司が目を丸くして呆気《あっけ》にとられていた。

「あの……」

瀬那が声をかけると、瑠衣は我に返ったようだ。

「あー、ごめん。枢がそんな風に笑うなんて珍しくて」

総司が同意するようにコクコクと頷いている。

「本当に付き合ってるんだね」

「さっきからそう言ってるだろ」

無駄に枢は偉そうである。

「だって、あの枢だからさぁ。信じられないっていうか……」

「同感」

「まあ、愛菜がつけいる隙はないってことがよく分かったよ」

「その新庄さんですけど、彼女はそっちでなんとかしてくれませんか？　枢のファンはなんとかする自信があるんですけど、彼女はさすがに……」

苦い顔をする瀬那に、瑠衣は申し訳なさそうにする。

「まあ、できるだけのことはしてみるよ。けど、無駄にポジティブっていうか、空気が読めないっていうか……」

「くれぐれもお願いします」

念を押してお願いする。

愛菜への対処法は瀬那の辞書には載っていないのだ。

そこへ世間話をしていた瀬那のスマホが突然鳴った。

着信相手は美玲だった。

「美玲？」

『瀬那ちゃん、大変だよ』

「どうしたの？」

『友達から連絡が回ってきて、瀬那ちゃんと一条院様が付き合ってるって知らせが』

「えっ、もう美玲のところまで回ってきたの？」

なんという早さだと、びっくりする。

『うん。瀬那ちゃんと一番仲がいいのは私だから、さっきから通知音が鳴り止《や》まないよぉ。どうして急に？』

「今私ノワールにいるの。多分そのせい」

『あー、なるほど。それで』

まさかこんなに急速に話が回っているとは瀬那も予想外である。

「月曜日、学校行きたくない……」

『そんなこと言ってたらずっと行けなくなるよ』

瀬那は深いため息をついた。

「早急に対処法を実行できるようにしておかなきゃ」

『その方がいいと思う。絶対に呼び出されるよ、瀬那ちゃん』

頑張ってと応援されてから電話を切った瀬那は、月曜日のことを考えて憂鬱《ゆううつ》になってきた。

「勉強する気なくしてきた……」

うなだれる瀬那の頭を柩が優しく撫《な》でた。

「なにかあったら言ってこい。俺が対処してやる」

「枢が出てきたら余計に悪化しそうだけど、その時はお願い」

そうならないことを願うばかりだ。


そうして不安を抱えたまま迎えた週明けの月曜日。

憂鬱な一日が始まった。

「行きたくない……」

この日ほど学校に行きたくないと思ったことはない。

けれど、行かないわけにもいかず、支度をして学校へと向かった。

学校が近付くにつれ、生徒からの視線をチラチラと感じるようになり、校門を通り過ぎる頃には四方からの視線が痛いほどだった。

「ねえ、ほんとかなぁ」

「でも、ノワールの奴が見たって」

「でもさぁ……」

ヒソヒソと話す声が聞こえてくる。

知らぬふりをしているが、「一条院」とか「ノワール」とか「付き合ってる」とかいうワードが聞こえてくるので、瀬那と枢の話をしているのは確実だ。

幸いにも、直接聞いてくる者がいなくて安堵《あんど》していたのもつかの間、教室に入った瞬間、瀬那はクラスの女子たちに囲まれた。

思わず後ずさりする瀬那に容赦なく質問が飛び交う。

「神崎さん、一条院様と付き合ってるって噂があるんだけど」

「本当なの⁉」

「ただの噂よね⁉」

「手を繋《つな》いでノワールに現れたって聞いたんだけど本当⁉」

怖い顔で迫ってくる女子の迫力に瀬那の顔が引きつる。

「どうなの、神崎さん！」

瀬那の逃げ道を塞《ふさ》ぐように囲まれる。

想定していたとはいえ、女子の圧は恐ろしい。

「えーと……それはその……」

瀬那の言葉を遮るようにして大きな声をあげたのは、愛菜だ。

「瀬那ちゃん‼」

愛菜は瀬那を囲む女子たちを押しのけて瀬那の前に陣取った。

周りの女子たちの嫌悪感を漂わせた視線には気付いていない。

そして、相も変わらず馴《な》れ馴れしく瀬那を名で呼ぶ。

「さっき変な噂を聞いたの。枢君と瀬那ちゃんが付き合ってるって。そんなことないって言ったんだけど、信じてくれなくて。嘘だよね。ちゃんと否定しないと駄目だよ。枢君に迷惑かけるから」

愛菜はいったい誰目線で話しているのか。

嘘と決めてかかる上に、瀬那が悪いとでも言いたげだ。

その言いように、さすがの瀬那もムッとして口を開く。

「嘘じゃない。枢とは付き合ってるから」

そうはっきり告げると、にわかに女子生徒たちは沸き立つ。

「やっぱりそうなんだ！」

「きゃあ、いつから？　いつから付き合ってるの？」

「枢だって。呼び捨てにしてるの？」

楽しんでいるようにすら見える女子生徒たちとは違い、愛菜は怖い顔で瀬那を睨《にら》みつけた。

「嘘つかないで！　だって、瀬那ちゃんと枢君が一緒にいるところなんて見たことないもの！　そんな見えすいた嘘ついて枢君に迷惑かけないで！」

愛菜がしゃべる度に周囲の女子たちの視線が冷たくなっていく。

それに気付くことなく「嘘は駄目だよ！」と訴えかける愛菜からどう逃げようかと

考えていると、突然周囲の視線が教室の入口へと向かう。

瀬那も釣られてそちらを向くと、枢が教室に入ってくるところだった。

枢は周囲の喧騒《けんそう》を意に介することなく、平常運転のクールさで自分の席へと座った。

そんな枢に、愛菜が一目散に駆け寄る。

「枢君！」

枢は愛菜を一瞥《いちべつ》した後、瀬那へ目を向けた。

しかし、その眼差《まなざ》しは愛菜の体によって遮られる。

「枢君！　皆が変な噂を流してるの。枢君と瀬那ちゃんが付き合ってるって。早く否定してなんとかした方がいいよ！」

きゃんきゃんわめく愛菜に面倒臭そうに眉根《まゆね》を寄せ、枢ははっきりと告げる。

「嘘じゃない。瀬那と付き合ってる」

「そんな……」

愛菜のショックを受けた声は、直後に響いた生徒たちの悲鳴で掻《か》き消された。

「やっぱり本当なんだ！」

「うおぉぉ、俺らの天使だった神崎さんがぁぁぁ！」

「一条院様がはっきり言ったわよ！　間違いないのね」

ある者は驚き、ある者は嘆き、ある者は楽しげに。教室内はカオスと化した。

「うわぁ、予想通りの大騒ぎ……」

登校してきた美玲が、教室内の騒ぎを見て口元を引きつらせている。

「美玲、助けて……」

「ごめん、瀬那ちゃん。さすがの私でも手に負えない」

美玲にもさじを投げられ、収拾のつかなくなった状況を変えたのは、愛菜の叫びだった。

「そんなの嘘!!」

喧騒を割るような声にピタリと騒いでいた声が止まる。

「枢君、冗談言うなんてらしくないよ」

愛菜はどこか必死だった。

まるでそれを事実として受け止めたくないと言っているように見える。

「枢君は優しいから、話を合わせてるだけでしょう?」

腕にすがりつく愛菜を、枢は残酷なほど冷たく振り払う。

たたらを踏んだ愛菜はショックを受けている。

「冗談でも優しさでもない。俺が瀬那を好きだから付き合ってるんだ」

「だって、そんな話聞いたことないもの」

「どうしてお前に話さなければならない？　お前と俺はなんの関係もないだろう」

かわいそうになるほどに枢は愛菜を寄せつけない。

「ひどい。そんな言い方……。私はずっと昔から枢君のそばにいたのに」

「だからなんだ？　お前になんでも報告する義務はないだろ、お前の押しつけがましい想いは迷惑だ」

その時、教室に教師が入ってきた。

「おーい。ホームルーム始めるぞ、座れ～」

のんきな教師の言葉を聞いて生徒たちが各々の席へと戻る中、愛菜は教室を飛び出していった。

「お、おい、新庄。どこに行くんだ？」

教師が慌てたように声をかけるが、愛菜は振り返ることなく姿を消した。


その後、授業が始まっても愛菜が帰ってくることはなく、休憩時間ごとに瀬那の姿を見に来る生徒たちに辟易《へきえき》していたことで、愛菜のことはすっかり忘れさっていた。

それはきっと他のクラスメイトもだろう。

付き合っていると明かされても、教室内で瀬那が枢に話しかけることはなく、また枢が話しかけてくることもなかった。

そんな様子に、本当かと疑う者もいたが、枢と瀬那の当人たちが付き合っていると明言したところを多くの人が聞いていたのだ。

そこから話は広がり、今や周知の事実として認められた。

美玲によると、瀬那の親衛隊にも入っていた新聞部部長が泣きながら号外を書き、それが配られたことも一役買っているようだ。

瀬那の親衛隊は、瀬那の幸せを見守るという姿勢でいる。

まあ、喧嘩《けんか》を売ったとしても枢が相手なので瞬殺されて終わるだろう。

問題は枢のファンの方である。

二人が付き合っていることに好意的な声の方が圧倒的に多かったのは瀬那も驚いた。

もっと悪口か非難の声が殺到すると思っていたのだが、瀬那が相手なら仕方ないかという空気になっている。

そこには、あの愛菜が相手より、大人しく優等生な瀬那の方が断然納得できるという理由も含まれていた。

いかに愛菜が嫌われていたかが窺《うかが》い知れるというものだ。

が、嫉妬《しっと》の声がないわけではない。

以前揉《も》めた花巻からは、あからさまな嫌味を言われ、美玲が応戦するなんていうこともあった。

しかし、以前のいじめの証拠を握っている瀬那には嫌味以上のなにかはできないようなので、そのくらいは許容範囲だ。

枢と付き合いだした時から、すべての人に祝福されるとは瀬那も思っていなかった。

それだけ枢はこの学校で絶大な人気があるのだ。

それを昼休みに実感させられることになった。

瀬那はいつものようにお弁当を持って非常階段へ向かおうとしていたのだが……。

「瀬那ちゃん、瀬那ちゃん」

美玲に呼ばれる。

「なぁに、美玲？」

「とうとう来たよ」

「なにが？」

「呼び出し」

美玲が教室の出入口を指すと、そこには複数名の女子生徒の姿があった。

「一条院様のファンの子たちだよ。瀬那ちゃんを呼んで来いって」

「思ったより早かったなぁ」

「瀬那ちゃん、行くの？　私もついていこうか？」

「ううん、大丈夫。それに対策はあるって言ってたでしょう」

心配そうにする美玲の肩を叩《たた》いて、瀬那は気合いを入れて枢のファンたちの所へ向かった。

「神崎さん。ちょっといいかしら？」

最初に声をかけてきたのは、瀬那と同じ学年の枢のファンクラブ会長だ。

美玲の情報によると、大企業の社長令嬢らしい。

「なにか？」

「少しお話ししたいの。一条院様のことでって言えば話は早いかしら？」

にこりと微笑みを浮かべているものの、その目は笑っていない。

けれど瀬那は臆《おく》することなく笑みを浮かべてみせた。

「ええ、いいわよ。でもここだと周りに迷惑だから場所を変えない？」

「あら、ずいぶんと冷静なのね」

ヒクヒクと口元を引きつらせているボスと、その後ろで敵意をみなぎらせている他のファンたちを引き連れ、瀬那はみずから人気の少ない体育館裏へやって来た。

「それで、お話とは？」

「そんなこと聞かなくても分かっているでしょう？　あなたどういうつもりで一条院様と付き合ってるなんて言ってるの？」

「どうもなにも、お互い好き合ってるから付き合ってるんですが？」

瀬那は堂々と言ってのけた。

「なんて厚かましいの！」

「親衛隊がいるのか知れないけれど、一条院様に釣り合ってないって分からないのかしら！」

「身を引くべきじゃないの⁉」

きゃんきゃんとわめくわめく。

しかし、会長がすっと手を挙げると、ぴたりと止まった。

その統制に思わず瀬那は感心する。

まるでポメラニアンと調教師のようだ。

「神崎さん。私たちは一条院様のファンクラブを自称しております。正式に認められているわけではありませんが、誰もが一条院様を崇拝し、その御身の幸せを願っているのです。あの神に祝福された美しさ、聡明《そうめい》で生まれながらにもつ覇者の空気。それはもう神！　まさに一条院様は私たちにとって神なのです！」

「はあ……」

うっとりと枢の素晴らしさを延々と説く彼女に、瀬那は付き合いきれないとばかりに空に目をやった。

瀬那を無視して続けられる枢への溢《あふ》れる愛。

いつまで続くんだろうと右から左へと受け流していると、「聞いているの⁉」と怒鳴られる。

理不尽さを感じながら視線を戻すと、ボスは怒りで顔を赤くしている。

「私たちは一条院様を第一に想い、決して邪魔にはならぬよう努めてきました。でも口を出さずにはいられないの。あの空気を読まない脳内花畑女よりは比べるまでもなくましであることは認めるわ」

脳内花畑女とはずいぶんな言われようであるが、瀬那も愛菜に関しては否定しない。

「けれど、やはり一条院様にはもっと相応《ふさわ》しい方がいらっしゃると思うのよ！」

彼女たちの気持ちは分からないでもなかった。

好きな人に彼女ができればショックだろう。

けれど、それを決めるのは枢であり、枢と瀬那で決めたことを他人にとやかく言われたくはない。

「話はそれで終わりですか？」

あまりにドライな反応の瀬那に、会長はたじろぐ。

もっと泣くか怒るかするとでも思っていたのかもしれない。

「なっ！　それだけって、全然伝わっていないじゃない！」

「伝わっていますよ。ようは、枢は神で、皆さんはそんな枢の敬虔《けいけん》な信者ってことですよね？」

「ま、間違ってはいないけれど、私たちが言いたいのはそういうことではないのよ！」

「……ここで一つ提案があります」

再び瀬那への口撃が始まりそうなところで、瀬那が先制パンチを入れる。

「なによ」

「ぜひ、私と友達になってください」

にっこりと、瀬那は会心の笑みを浮かべてみせた。

「はぁ!?　なにを言ってるの、あなた！」

「頭おかしいんじゃないの？」

「友達になんかなるわけないでしょう！」

ひどい言われようだが、瀬那は曲げない。

本題はここからだ。

「皆さんが枢をすごく大事に思ってくれてることは伝わりました。枢もあなたたちのような人がいて幸せ者ですね」

一旦《いったん》持ち上げると、彼女たちはドヤ顔で気分をよくする。

「私はそんなあなたたちにも、枢とのことを認めてもらい、これまで通り陰から見守っていただきたいと思っています」

「見守るなんてできないから、こうして苦言を呈しているのでしょう！」

「まあ、話は最後まで」

瀬那が手を前に出し待ったをかけると、会長はしぶしぶ口を閉ざした。

素直に人の話を聞くあたり、悪い人たちではない気がする。

瀬那はスマホをポケットから取り出して、ポチポチと操作を始めた。

「ファンクラブの皆さんとは、私たちのことを見守ってくださる大事な友人関係を築きたいと思ってます。その代わりに、私も友人である皆さんの活動を支援いたしましょう」

「支援?」

意味が分からず首を傾げる彼女たちに、瀬那はスマホの画面を見せた。

その瞬間、彼女たちは雷に打たれたかのような反応をした。

「そ、そそそ、それは……」

瀬那はニヤリと人の悪い笑みを浮かべた。

「はい。学校では絶対に見られない、普段着姿で家でリラックスしている枢の写真です」

「いやぁぁぁ!」

「一条院様の私服姿!!」

「尊い!」

瀬那の見せた枢の写真は予想以上の効果を見せた。

そもそも枢は写真を撮られることが好きではないので、自然と枢の写真を撮ろうとする者はおらず、枢の写真は学校の行事で撮られたものくらいしか存在しないのだ。

それだって、遠目に写っていたり、半分切れたりしていて、瀬那が見せたような枢一人のアップは貴重品だった。

会長は目を血走らせて写真から瀬那へと視線を移す。

「神崎さん。あなた、たった今支援とおっしゃいましたね。まさかその写真を？」

すると、会長の言葉に反応した他の女子たちも、同じように目をギラギラさせて瀬那を見る。

「あなた方が、私と枢のことを見守ってくださるならです。もし、嫌だとおっしゃるなら……」

言い終わる前に、会長が瀬那の手を握りしめる。

あまりの力の強さにちょっと手が痛い。

「見守ります。見守りますわよね、皆さん！」

「ええ、もちろん！　今日から私たちはあなたの親友です！」

「私、実はお二人はお似合いだと思ったんです！」

「あなた以上の人はきっと現れないわっ！」

この手のひらの返し方はむしろすがすがしい。

今や主導権は瀬那が握っていた。

「いいでしょう。ただし、条件があります」

「なんでもおっしゃってぇぇ！」

「一つ、私と枢が付き合っていることに文句を言わない。嫌がらせをしない」

彼女たちは首がちぎれんばかりに頷《うなず》いている。

「二つ、そういう嫌がらせをしようとしている人がいたらそれとなく止めてくれると助かります」

まあ、こればかりは念のためだ。

彼女たちだけですべての嫌がらせがなくなるとは思っていない。

「三つ、ファンクラブへの支援として、月に一度枢のプライベートショットを送る代わりに、決してこれを関係者以外には見せないこと。この三つ目は特に厳守です。SNSにあげるなどもってのほか。仲のいい友人どころか、親や兄弟でも見せるのは禁止です。それが破られたと判明した瞬間、この支援は一方的に停止します」

「必ず守りますぅぅ！」

「ファンクラブ全員の血判を押します！」

「決して外部には漏らしません！」

瀬那はにっこりと笑って、「じゃあ、連絡先交換しましょうか」と言うと、皆我先にと光の速さでスマホを差し出してきた。

無事連絡先を交換し終えた彼女たちに、先程見せた写真を送る。

「ああ……今日はこれでご飯三杯はいける」

「私は五杯……」

「美しい……」

全員が恍惚《こうこつ》とした表情を浮かべている。

「じゃあ、これからよろしくお願いします。くれぐれも写真を外に漏らさないように」

「ああ、神様仏様神崎様。このご恩は一生忘れません」

最初の威勢はどこへやら。

その場を去る瀬那に向かって、彼女たちは拝み続けていた。

無事に枢のファンクラブを掌握することに成功した瀬那は、やれやれと枢のいる非常階段へやってきた。

「遅かったな」

いつもより遅れてきた瀬那に声をかける枢は、どこか不敵な笑みを浮かべていた。

瀬那が隣に座りお弁当の準備をしていると、枢の手が髪に伸び、手触りを楽しむようにクルクルといじりだす。

「呼び出しがあったみたいだな」

「なんで知ってるの？」

呼び出しがあった時、枢は教室にいなかった。

「瑠衣が連絡してきた」

瀬那は納得する。

「大丈夫だったのか？」

「うん。問題なし。最後は感謝されて拝まれた」

「感謝？　どうなってそうなる？」

よく分からないという様子の枢に「さあ？」と言葉を濁した。

まさか自分の写真が取引材料に使われたとは思うまい。

バレたとしても枢なら笑って許してくれるだろうと思っているのであんな取引を持ちかけたのだが。

「まあ、枢のファンクラブのことは気にしなくていいから」

「頼もしいな」

ふっと優しく笑うその顔は枢がよく見せる顔だ。

でもそれは二人の時だけ。

教室内でも、瑠衣や総司といる時にもそんな顔は見せたりしない。

自分にだけ見せてくれるその笑みを浮かべる時、枢の目はとても甘く瀬那を見ている。

自分だけだと、そう思うとむずがゆさと共に胸の奥が甘く痺《しび》れる。

未《いま》だ枢が自分の恋人だということに夢ではないかと思う時はあるが、髪に頬に触れてくる枢の手の温かさが、現実だと教えてくれる。

頬を包むように触れられ、その手に擦り寄るように頬を寄せると、枢の目が熱を帯びるのが分かる。

そっと近付いてくる枢に、瀬那はゆっくりと目を瞑《つぶ》った。

そして、触れた唇の熱に身を委ねる。

決して激しいものではない、どこまでも優しい唇がゆっくりと離れる。

そのことにわずかな寂しさを感じる瀬那は、いつの間にこんなに好きになったのだろうと不思議に思う。

きっと、少しずつ器に水が満たされるようにその想いが積み重なっていったのだ。

枢もそうなのだろうか。

「ねぇ、枢はいつから私のことを好きになったの？」

「なんだ、急に」

「なんとなく、気になっただけ」

枢は少し考えるそぶりをした後に口にしたのは……。

「秘密だ」

「なにそれ。教えてくれてもいいじゃない」

「そういうお前はどうなんだ」

「……秘密」

そう言うと、またいつもの優しい笑みを浮かべて、軽く触れるだけのキスをした。

ふと、視線を横に向けると、踊り場の向こうに見える裏庭から、愛菜がこちらを見ていた。

その顔は酷《ひど》く強張《こわば》っている。

「どうした？」

突然動きを止めた瀬那を気にした枢が瀬那の視線の先を見て愛菜を確認する。

けれどその目にはなんの感情も見受けられない。

それは他人を見るような目で、一滴の情も感じられなかった。

よくも悪くも、枢にとって愛菜は他人なのだろう。

それを分かっていないのは、きっと愛菜だけだ。

愛菜はきびすを返してその場を去って行った。

なんとも言えない気まずさを感じる瀬那とは反対に、枢はいつも通りだ。

「瀬那、早く食べないと昼休みが終わるぞ」

「う、うん」

時間を確認すると午後の授業の時間が迫っていて、慌ててお弁当を食べ始めた。

昼休みが終わり、授業が始まっても愛菜の姿はなかった。


その日の授業が終わると、瀬那の下にすぐに美玲がやってきた。

「結局新庄さん戻ってこなかったね」

「うん」

愛菜の席は空席のまま。

鞄《かばん》だけは置いてあるが、朝以降、愛菜が教室に戻ってくることはなかった。

枢はもちろん、瑠衣や総司ですら捜すことなく放置しているようだ。

「まあ、あれだけ一年生に自信満々に一条院様と付き合うとかほのめかしてたのに、瀬那ちゃんと付き合ってるのを本人から知らされちゃったんだもの。顔見せづらいよね」

「まあね……」

愛菜はどこからその自信が来るのか分からないが、枢と相思相愛だと思っていた節がある。

元来の空気の読めなさから来るのか、思い込みが激しいためなのか分からない。

お昼の時もきっと瀬那と枢がキスしていたのを見ていたはず。

さすがの愛菜も現実を受け入れざるを得なかったのだろう。

それで教室に来づらかったのかもしれないと、瀬那は思う。

自分とて、枢が誰かとキスしているところを見たらショックを受ける。

愛菜にはいろいろと迷惑をかけられたが、そこに関しては同情を禁じ得ない。

「神崎さん！」

名を呼ばれて振り返った瀬那の腕が、右から左から拘束された。

しがみついているのは比較的仲のいいクラスの女の子たちだ。

「えっと、なに？」

女の子たちは満面の笑みで瀬那を捕獲している。

「今日は帰りにカフェでも行こう」

「逃がさないから」

その目には、枢とのことを根掘り葉掘り聞き出そうという意思が見え隠れしている。

頬を引きつらせる瀬那の正面にいた美玲が逃げようとしたが、瀬那はすかさず美玲の制服を握った。

ぎょっとした顔をする美玲。

「一人だけ逃げるのは許さないから」

「瀬那ちゃん、私はちょっと野暮用があって……」

「問答無用」

「えー」

不満を述べる美玲を離さず、そして女の子たちも瀬那を離さない。

仕方なく全員で近くのカフェに行こうとなって、玄関で靴を履き替えていたその時。

靴を履くために下を向いていた瀬那の前に、誰かの足が見えた。

顔を上げると、そこにいたのはずっと姿の見えなかった愛菜で、硬い表情で両手を握りしめている。

なにか言いたげに目の前に立つ愛菜に、瀬那は静かな眼差《まなざ》しを向けた。

美玲やクラスの女の子は少し離れて様子をうかがっている。

そんな中で愛菜が発した言葉に、瀬那は目を見開く。

「枢君を返して！」

「は？」

「枢君を返してって言ったの！」

なにを言うのかと瀬那は唖然《あぜん》としてしまった。

「瀬那ちゃんは他の男の子からも人気があるんだから、別に枢君じゃなくてもいいでしょう？　だから、枢君と別れて。私に返して」

　頭痛を覚えると同時に、その愛菜の言い草にカチンときた。

「嫌よ」

　単純明快に、愛菜でも分かるように一言で拒否を示すと、愛菜は驚いた顔をする。

「どうして!?」

「どうして？　そんなことも分からないの？　そもそもなんの権利があって私にそんなことを言うの？」

「権利って……。私はずっと枢君といたの。枢君と一番仲がいいのは私だから、だから……」

　誰が見ても仲がいいようには見えなかったが、それを言ったところで愛菜は聞く耳を持たないだろう。

　なにせ人一倍思い込みが激しいから。

　しかし、それだけなのだろうか。

　愛菜からは思い込み以上のものを感じる気がする。

　この違和感がなにか分からず、瀬那は言葉にできないモヤモヤを感じた。

「たとえ仲がよかったとして、あなたは枢のなに？」

「なにって、仲のいい……」

「仲のいいなに？　友人？　同級生？　どっちにしても、付き合ってるのは私と枢の意思よ。そこに他人が口を挟むべきものではないわ」

「わ、私は枢君のために言ってるの」

わずかに愛菜は動揺している。

「あなたさっき返せとか言ってたじゃない。枢を私にって」

「だって、枢君の一番そばにいたのは私なの。それなのに突然瀬那ちゃんが現れて枢君を取っていくなんて、そんなのひどい！」

話を聞いていた美玲が目をつり上げて近づいて来ようとしたが、瀬那は首を横に振って制止した。

美玲は不服そうにしたものの、瀬那の意思を尊重して引いてくれた。

「ひどいもなにも、枢は元々あなたのものではないでしょう？　恋人だったの？　違うでしょう？」

「ち、違うけど、瀬那ちゃんがいなかったら枢君と付き合ってたのは私だったもん！」

その自信がどこから来るのか知りたい。

あれだけ枢に邪険にされていたというのに。

「枢が言ったの？　あなたのことが好きだって。付き合いたいって」

「それは……」

最初の威勢はどこへやら。

今にも泣きそうな顔をしている愛菜を見ていたら、瀬那の方が虐《いじ》めているように見える。

しだいに野次馬が集まってくる。

こんな玄関前で騒いでいたら人目を引くのは当然だ。

「枢はこれまであなたに気を持たせるようなことはしてなかったはずよ。そんな中途半端な優しさを与えるような人じゃないもの」

むしろ、どこをどう勘違いしたら好かれていると思うのか疑問に思うほどの冷たさだった。

しかし、その言葉は愛菜の怒りに火を点《つ》けたようだ。

「枢君を知った風なこと言わないで！　枢君のことなんてなにも知らないくせに！」

「あなたなら知ってるって言うの？」

「もちろん。だって枢君と一番一緒にいたのは私だもの」

そう自信に満ちた顔で愛菜は言った。

それを見た瀬那は目を細める。

「じゃあ、枢の好きな食べ物は？」

「好きな食べ物？」

「そうよ。それだけ自信満々ならそれ位知ってるよね？」

分かりやすく動揺した愛菜は視線をうろうろさせる。

それだけで、知らないのが誰の目にも明らかだ。

「もしかして、ずっと一緒だったのにそんなことも知らないの？」

わざとあおるようなことを言って愛菜を挑発する。

「か、枢君は好き嫌いとかないもの」

「はい、不正解。甘い物よ」

「……え？」

「枢は甘い物が好きなの」

以前にサンドイッチを作った時にフルーツサンドから手をつけたことを思い出して、夕食後にデザートを出すようにしたら、ペロリと平らげた上におかわりを要求してきた。

見た目からは想像できないが、枢が大の甘党だということは、普段彼の食生活を握っている瀬那だからこそ知っていることだ。

「嘘！　枢君が甘い物を食べてるところなんか見たことないもの！」

「そんな嘘ついてどうするの？　枢に聞けばすぐに分かることなのに」

そう返せば、愛菜はぐっと言葉を呑《の》み込む。

「枢のことなんにも見てない。枢のためとか言ってるけど、全部自分のためじゃない」

これは以前から瀬那が愛菜に言いたかったことだ。

いつも一方的にしゃべって、枢がなにかを言う暇もない弾丸トークを披露し、枢が迷惑がっているのに気付こうともしない。

自分の思いを押しつけるだけで、相手を気遣うということをしない。

枢は自分の影響力をよく分かっている。

だから、これまで決して愛菜を邪険にすることはしなかった。

枢がそんなことをしたら即座に愛菜の風当たりが強くなるのを分かっていたからだ。

「枢はちゃんとあなたのことを考えてた。態度は冷たかったかもしれないけど、見せなかっただけで、ちゃんと優しさはあったのに」

愛菜を責める声色の瀬那の言葉に、愛菜がカッと怒りを露《あら》わにする。

「そんなの分かってる！　枢君のことを自分だけが知ってるだなんて思わないで！　枢君の視線の先にいっつもあなたがいたのだって、私だけは気付いてたんだから！」

愛菜の言葉に瀬那は驚く。

「だから、あなたの前で枢君と仲がいいところを見せようとしていたのに、枢君は全然私の思うように動いてくれないし。優しいっていうならもっと私に優しく接してくれればいいのに。枢君もひどいっ」

まるで自らを飾る装飾品のように枢を語る愛菜に、瀬那は苛立《いらだ》つ。

「なにも分かってないじゃない。あなたは枢の優しさの上で胡坐《あぐら》をかいていただけなのね。恥ずかしいと思わないの？」

ちゃんと分かっていたなら、そんな言葉が出てくるはずがない。

枢の優しさを分かろうともせず、逆に枢をなじる愛菜。

枢は冷たいように見えるが、情が深いことを瀬那は知っている。

それは、瑠衣や総司、そしてノワールの子たちも同じだろう。

だからこそ枢についていくのだ。

「話を聞いたら、なおさら引けない。枢の優しさも分からないあなた相手には」

言いたいことを言えてスッキリした瀬那は、興奮を抑えるようにふうっと息を吐いた。

「皆、もう行こう」

「いいの？」

「うん」

唇を噛《か》みしめうつむく愛菜の横を通り過ぎる。

愛菜はそれ以上なにも言ってはこなかった。

「あれで理解したのかな？」

後ろを振り返りながら美玲が疑問を口にする。

「して欲しいとは思うけどね」

正直言うと、あれで納得したかどうかは瀬那には分からなかった。

けれど、これまでずっと言いたかったことは伝えた。

そこから先は瀬那の領分ではない。

瀬那は視線を向ける。

どこから聞いていたのか分からないが、ずっと瀬那たちの様子を窺《うかが》っていた瑠衣と総司に。

後はあなたたちの仕事だと伝えるような強い眼差《まなざ》しを向けた。


視線を受けた瑠衣と総司はそろって苦笑いをする。

「枢の優しさに胡坐をかいてる、か……」

「神崎さんだからこその言葉だよね。ぼくらも対等に付き合ってきたつもりだけど、やっぱりどこか枢を崇拝しちゃってるところがあるんだよねぇ」

「そういう感情の機微にあいつ敏感だからなぁ」

「だね。だからこそ枢はそんなものを一切感じさせない神崎さんを選んだのかもね」

瑠衣と総司の脳裏をよぎる、瀬那と一緒にいた時の穏やかな枢の表情。

「さーて。じゃあま、とりあえず大事な友人が恋人といちゃいちゃできるように土台造りをしておこっか」

そういうと、瑠衣はスマホを手にして各所に連絡を取り始めた。

「しゃーあねぇ。俺も手伝うか」

総司もまた不器用な友人のために動き出す。

翌日、瀬那が学校へ行くと、対愛菜の鉄壁の態勢が整えられていたのだった。

主導しているのは瑠衣だ。

瑠衣は、ノワールだけでなく、クラスメイトや柩のファンクラブの子たちにも声をかけ、愛菜対策を取っていたのである。

どういうことかというと、愛菜が柩の所へ行こうとすると、すかさずノワールのメンバー、もしくはクラスの女の子たちが話しかけることで愛菜の行く手を遮るというものだ。

そもそも、昨日瀬那と盛大にやりあって、翌日になに事もなく柩に話しかけようとする神経を疑うが、それを美玲に言うと、『新庄さんだから』という美玲の言葉で瀬那はすべて納得してしまった。

どうせ昨日の告げ口をして悲劇のヒロインぶるためじゃないのと、美玲の目は冷ややかだ。

クラスメイトに邪魔されて愛菜は中々枢に近付けない。

そうこうしていると、突然の席替えが行われた。

その結果、枢は右端の一番後ろ、そして愛菜は左端の一番前というもっとも離れた位置になった。

これも瑠衣が裏工作をしたともっぱらの噂だ。

それによりさらに枢から遠くなった愛菜は不機嫌そうにしているが、愛菜以外の生徒たちは過去にないほどの団結力を見せている。

それから数日が経つが、愛菜は枢に話しかけるどころか近付くことすらできていない。

「このまま卒業までやってくつもりかな？」

いつもの非常階段での一時。

瀬那は枢の顔を覗《のぞ》き込んだ。

「そうじゃないか？」

「私の所にも来ないようにしてくれてるみたいだけど、いつまで通用するやら」

以前に愛菜はそっちでなんとかしてくれといった言葉の通り、瑠衣はいろいろと動いてくれているようだ。

枢だけでなく瀬那にも近付こうとすると必ず邪魔が入るのも瑠衣の指示らしい。

おかげで瀬那の日常は平和そのもの。

枢のファンクラブも味方につけたので怖いものなしである。

できることならこのまま平穏が続いて欲しいと願うばかりだ。

思えば、こんなに次から次へと色んなことが起こるようになったのは、三年になってからだ。

なにとも濃い数ヶ月だった。

春だった季節は夏へと移り変わろうとしていた。

「少し前までこんなことになるなんて考えられなかったなぁ」

「なんだ、急に？」

「枢が隣にいることとか。こうして一緒にお弁当食べてることとか。なんだか信じられないなって」

そう言うと、枢の顔が迫ってきて、軽く触れるキスをされる。

「こんなことをするようになるなんてか？」

枢の不意打ちに瀬那の頬が赤くなる。

枢はしたり顔で口角を上げている。

瀬那一人が動揺しているようで、なんだか負けた気がしてならない。

「枢がそんな性格なんて思わなかった」

「なんだ、こんな俺は嫌いか？」

「……その言い方はずるいと思う」

嫌いなはずがない。

面倒な愛菜に自分から喧嘩《けんか》を売る程度には枢が好きなのだ。

けれど、癪《しゃく》なので言葉にしない。

すると……。

「俺はずっと好きだった」

枢を見ると吸い込まれそうな漆黒の瞳《ひとみ》に魅入られる。

「でも、お前は生徒会長と付き合ってるものだと思ってた」

「そうなの？」

「ああ。仲が良さそうにしていたから俺が入る余地はないとあきらめてた」

初耳である。

まさか枢がそんな風に思っていたなんて、瀬那は驚きが隠せない。

「なのに、付き合ってないって聞いて、それなら逃《の》がすかって思った。お前も俺を見ていたと分かったからな」

そう言われると、なんだかその頃から瀬那が枢に気があったように聞こえる。

「ずっと見てるだけだった。その視線が俺に向けられる度に嬉《うれ》しくて仕方がなかった」

それは瀬那だって同じだ。

枢の視線が瀬那を向く度に、その瞳に囚《とら》われていった。

気になって仕方がなかった。

枢の手がそっと瀬那の手に触れる。

「今こうして触れてるのも正直まだ信じられない。瀬那と一緒だな」

柔らかな笑みを浮かべる枢の手の上に、空いているもう片方の手を乗せる。

この温かさは偽物ではない。

「お互い気になってたのにずっと声をかけなかったなんて、私たち似たもの同士ね」

「臆病《おくびょう》だっただけだ。けど、これからはためらわない」

枢は両手で瀬那の手を包む。

「遠くから見ているだけなんて満足できない。お前のそばでお前を見ていたい」

なんてストレートな愛の告白だろう。

自然と瀬那の顔に笑みが浮かぶ。

「私も。見てるだけじゃなく枢に触れたい」

視線から始まったお互いの距離は、今こうして実を結ぶ。

誰も来ない静かな非常階段で、二人の顔が重なった。

エピローグ

「いいかい、枢。一条院の直系には一度だけやり直せるチャンスを神様から与えられているんだよ。枢の手首にあるのがその証《あかし》だ」

まだ幼い枢の手を握り、涙を流しながらそう伝えたのは、枢の父親だ。

枢の手首の内側には棘《とげ》のようなアザがある。

「この力は本当にやり直したいと心から願った時に叶《かな》う」

「お父さんはその力を使ったの？」

父親の手首にはそのアザはなかった。

まだ子供の枢の率直な問いかけに、父親は泣きながら笑った。

二人の側には、棺の中で眠るようにして横たわる母親がいる。

「ああ。枢のお母さんとの時間をやり直したんだ。結局また失ってしまったけれど、力を使ったことに後悔はないよ。以前のお父さんは仕事ばかりでお母さんと枢といる時間を疎かにする最悪な夫であり父親だった。でも今度は最期の瞬間も一緒にいられたんだから」

父親は枢を力強く抱きしめて、嗚咽《おえつ》を押し殺した声で必死に伝える。

「枢もどうか大事な人のためにその力を使ってくれ」

「うん、分かった」

そう頷《うなず》いたはいいものの、この頃の幼い枢では、本当の意味で父親の気持ちを理解することはできなかった。

それができたのは十数年後のこと。

＊＊＊

一目見た瞬間に心を奪われた。

伏し目がちに視線を落とし、本を読みふけるその少女。

話をしたことはない。

ただ、自分と同じく高校生になったばかりであることだけは、制服の学年章から枢はうかがい知ることができた。

けれど情報はそれだけ。

だというのに、枢は彼女から目が離せなかった。

なぜこんなにも気になるのかすらも分からない。

それでも、これが世にいう『恋に落ちた』ということなのかもしれないと、自分の中にある冷静な部分が訴える。

気になって仕方なかったが、自分が表立って彼女の情報を得ようとするとどうしても目立つ。彼女に迷惑をかけてしまうだろうことを恐れて、枢はなかなか行動に移せずにいた。

だが、どうやら彼女はわざわざ調べずとも有名のようで、勝手に枢の耳に情報が入ってきたのは僥倖《ぎょうこう》だった。

主に男子生徒から『図書室の天使』と呼ばれていること。

名前が神崎瀬那であること。

同じ学年に彼氏がいるということ。

最後の情報は正直聞きたくなかったが、自分のスペックをしっかりと理解していた枢は、もしかしたらという希望を抱かずにはいられなかった。

なにせ中学生の頃から女性関係には困らずに今に至るのだ。

自分の容姿が平均以上に優れており、一条院という家がさらに枢の価値を高めているのを自覚していた。

枢を慕い集まってくる人々のグループは次第に大きくなってきており、瑠衣が頭を抱えているほどだ。

だが、瀬那の彼氏というのはかなりの強敵だった。

成績は枢とは僅差《きんさ》の二位。

容姿も整っており、人当たりもいい。

枢とはまた違った意味で、人を集め引き寄せる魅力を持った男だった。

枢にとって、誰かに対しこれほどに嫉妬《しっと》したのは神谷翔という男が初めてだったかもしれない。

なかなかあきらめもつかず、目で追っていると瀬那と視線が合うことが多くなっていった。

その度にどうしようもない焦燥感に駆られる。

しかし、接する機会もないまま月日は過ぎ去っていき、高校三年になった年、初めて瀬那と同じクラスになった。

遠く感じていた存在が近くにいる違和感と喜び。

だが、それも時折教室まで瀬那を迎えに来る翔の存在に心をかき乱されてしまう。

たった一人の異性に、枢がこんなに感情を乱されていると知られたら、きっと総司などは大笑いするだろう。

だから、枢は総司は当然として、瑠衣にも相談できずにいた。

なにせ柄じゃない。

普段クールぶっているのに、突然恋の悩み相談をされても、瑠衣も困るだろう。

そして、どう反応したらいいか悩む瑠衣の姿が容易に想像できた。

自分から話しかけることもできず、ただ見ているだけの自分に嫌気がさしていたある日、枢の運命を決める出来事が起きた。

激しいクラッシュ音とガソリンの匂い。

そして周囲をつんざくような悲鳴と叫び声。

「瀬那！　瀬那！」

どこか遠くから聞こえてくるような感覚。

翔が必死になって呼びかける視線の先には、血に濡《ぬ》れた瀬那の姿。

「おい！　誰か救急車！」

「今呼んでるわ！」

そんな必死な声もあれば、

「うわー、エグ」

「ありゃあもう駄目だな」

他人事《ひとごと》でいる野次馬。

しかしそれは枢も同じで、どこか遠い世界のことのように見ているだけだった。

そして、あっけなく瀬那は死んだ。

枢を残して逝ってしまった母親のように。

「つっ！」

それは無意識だった。

手首にあるアザを反対の手で握り締めていた。

枢の中にある想いはただ一つ。

『やり直したい』

それだけだった。

直後に感じためまいの後、枢は何故か事故があった学校近くの交差点ではなく、自宅の寝室にいた。

しばし呆然《ぼうぜん》とし、状況を理解するのに時間がかかった。

タイミングよく鳴ったアラームに反応して時計を見てから、ベッドのサイドチェストに載っていたスマホを勢いよく手に取った。

その画面に出ている日付は四月。

ちょうど高校三年生の始業式の日だった。

「戻った……」

枢はふらつく足でベッドに腰かけると、頭を覆った。

父親の話は本当だったのだとようやく知る。

そして枢を襲ったのは安堵《あんど》ではなく恐怖。

このままでは瀬那を失ってしまう未来が訪れる。

変えなくてはならない。

そのために、己の行動も変えなければ。

ただ見ているだけで終わらせないために、このチャンスを無駄にしないために。

「変えてみせる」

そう言葉にした枢の顔には、もう恐怖は浮かんでいなかった。


それからは瀬那と積極的に関わるようにした。

非常階段で毎日のように昼休みを過ごしていると瑠衣から聞けばそこに向かい、少しずつ接触を図った。

そうしたらどうだ。

付き合っていると思っていた翔には、別に恋人がいたではないか。

その時感じた脱力感。

自分のへたれさを思い知らされた瞬間であった。

ノワールの……いや、他の人間にも見せられない情けない姿と言っていい。

最初から枢はあきらめる必要などなかったのだ。

そうと分かってからの枢はグイグイ積極的にいくことにした。

瀬那の反応は初々しく、さらに言うと、男子生徒から天使などと呼ばれている瀬那は思いのほかたくましかった。

違う瀬那の一面を知る度に惹《ひ》かれていくのが分かり、枢は嬉《うれ》しいやら、これで恋人になれなかったら自分はどうなるのかと絶望感に襲われたりと忙しい。

だが、悲願叶《かな》って、枢は無事に瀬那と恋人同士になれた。

しかし、基本は学校でべたべたするようなタイプでなかったため、枢がノワールに瀬那を連れていくまでは誰にも気付かれることはなかった。

だからこそ、周知されてからの周りの反応はうるさいの一言で、特にひどかったのは愛菜だった。

枢としては、総司の幼馴染《おさななじ》みだから一緒にいることを許していただけで、自分たちといることは愛菜にとってマイナスにしかならないと分かっていたからこそ、昔から距離を置くようにしていた。だというのに、愛菜はそれが分かっていないのか、分かっていながら分からないふりをしているのか。

枢は後者だと思っている。

だが瀬那という恋人ができた以上、枢が必要以上に近くにいるのはよくない。

それは、一度翔を瀬那の恋人だと思っていた前回を覚えているからこそその、枢の優しさだった。

これ以上好きにならないように。

冷たくひどい男だと嫌われるように。

だが、思いのほか愛菜は粘り強く、親の力を使って枢と別れるように言ってきたと、瀬那から知らされた時には持っていた箸《はし》を真っ二つに折ってしまった。

「まさか了承していないないだろうな？」

「してない、してない。彼女の親も一緒だったんだけど、なんだか彼女の父親の方も私のことを見下す感じだったから、机に置いてたお茶をぶっかけて帰ってきちゃった」

なんてことなく言う瀬那だが、面と向かって大人に圧をかけられて平然としていられる心臓はとんでもなく強い。

「また来そうな感じだったな～」

「こっちで処理しておく」

「枢が言うと一気に怖いことを連想しちゃうんだけど……」

「安心しろ。合法の範囲で反撃をする」

「それだったら安心、なのかな？」

瀬那はこてんと首を傾げる。

「ああ。大人の問題は大人に解決してもらうのが一番だからな。それより瀬那、今日は一緒に帰るぞ」

「えっ!?」

瀬那が驚くのも無理はなかった。

枢が一緒に帰ろうなど言い出したのはこれが初めてなのだから。

「嫌か？」

「別に嫌じゃないけど、どうしたの？」

「車で帰った方が安全だからな」

「枢が登下校の時に使ってる高級車でしょ？　ある意味目立って危険じゃない？」

「生身で歩くよりましだ」

瀬那は意味が分からない様子で首をかしげた。


そして放課後、図書室でいつもより長く居残ってから帰る。

車に乗り込んだ瀬那は近くで聞こえるサイレンの音に気がついた。

「えっ、事故？　なんか混んでる？」

「そうみたいだな」

窓から外を窺《うかが》う瀬那の横で、枢はスマホを見ながら情報を確認している。

交差点の電柱につっこむ車が見えた。

「ここ、いつもの帰り道だからびっくり。普通に帰ってたら危なかったかもね」

「そうだな」

枢のスマホには、死者数0と映し出されている。

悪夢は悪夢で終わらせることができたのだと、枢は心の底から安堵し、今はもう消えた棘《とげ》のようなアザがあった手首の辺りを物寂しげに撫《な》でた。

そして、隣に座る瀬那を見る。

血だまりの中に倒れる瀬那の姿が脳裏をよぎるとともに、目の前の元気な姿を見て、枢は思わず彼女を引き寄せ、ぎゅっと抱きしめた。

「枢?」

とまどった瀬那の声が、その温《ぬく》もりが、生きていることを枢に教えてくれる。

「よかった……」

もう決して離しはしないと、枢はひそかに誓った。

本書は「小説家になろう」「ノベマ!」等の小説投稿サイトに掲載された作品を加筆修正し、エピローグを追加の上、文庫化したものです。

この作品はフィクションであり、実在の人物・地名・団体等とは一切関係ありません。

視線《しせん》から始《はじ》まる

クレハ

令和6年 11月25日　初版発行

発行者●山下直久

発行●株式会社KADOKAWA
〒102-8177　東京都千代田区富士見2-13-3
電話　0570-002-301（ナビダイヤル）

角川文庫 24415

印刷所●株式会社暁印刷
製本所●本間製本株式会社

表紙画●和田三造

ISBN 978-4-04-115418-2　C0193

角川文庫発刊に際して

角川源義

第二次世界大戦の敗北は、軍事力の敗北であった以上に、私たちの若い文化力の敗退であった。私たちの文化が戦争に対して如何に無力であり、単なるあだ花に過ぎなかったかを、私たちは身を以て体験し痛感した。西洋近代文化の摂取にとって、明治以後八十年の歳月は決して短かすぎたとは言えない。にもかかわらず、近代文化の伝統を確立し、自由な批判と柔軟な良識に富む文化層として自らを形成することに私たちは失敗して来た。そしてこれは、各層への文化の普及滲透を任務とする出版人の責任でもあった。

一九四五年以来、私たちは再び振出しに戻り、第一歩から踏み出すことを余儀なくされた。これは大きな不幸ではあるが、反面、これまでの混沌・未熟・歪曲の中にあった我が国の文化に秩序と確たる基礎を齎らすためには絶好の機会でもある。角川書店は、このような祖国の文化的危機にあたり、微力をも顧みず再建の礎石たるべき抱負と決意とをもって出発したが、ここに創立以来の念願を果すべく角川文庫を発刊する。これまで刊行されたあらゆる全集叢書文庫類の長所と短所とを検討し、古今東西の不朽の典籍を、良心的編集のもとに、廉価に、そして書架にふさわしい美本として、多くのひとびとに提供しようとする。しかし私たちは徒らに百科全書的な知識のジレッタントを作ることを目的とせず、あくまで祖国の文化に秩序と再建への道を示し、この文庫を角川書店の栄ある事業として、今後永久に継続発展せしめ、学芸と教養との殿堂として大成せんことを期したい。多くの読書子の愛情ある忠言と支持とによって、この希望と抱負とを完遂せしめられんことを願う。

一九四九年五月三日

結界師の一輪華

クレハ

落ちこぼれ術者のはずがご当主様と契約結婚!?

遥か昔から、５つの柱石により外敵から護られてきた日本。18歳の一《いち》瀬《せ》華《はな》は、柱石を護る術者の分家に生まれたが、優秀な双子の姉と比べられ、虐げられてきた。ある日突然、強大な力に目覚めるも、華は静かな暮らしを望み、力を隠していた。だが本家の若き新当主・一《いち》ノ宮《みや》朔《さく》に見初められ、強引に結婚を迫られてしまう。期限付きの契約嫁となった華は、試練に見舞われながらも、朔の傍で本当の自分の姿を解放し始めて……？

角川文庫のキャラクター文芸

ISBN 978-4-04-111883-2

結界師の一輪華3

クレハ

偽りの結婚のはずが、想い芽生える――?

術者の世界と関係なく生きたいという望みとは裏腹に、学校で真の力を解放するはめになってしまった華《はな》。朔《さく》からの溺愛も強まる一方で離婚は遠のくばかりだが、彼のことを知っていく内に、華の心に新たな感情が芽生え始める。そんな中、朔の旧友で三光楼《さんこうろう》の次期当主である雪《ゆき》笹《ざさ》が現れる。華のことを良く思わない雪笹は、葉月《はづき》を奪われて怒り心頭の一瀬《いちせ》の両親と手を組み、よからぬことを企んで……。大人気シリーズ、絆深まる第3巻。

角川文庫のキャラクター文芸

ISBN 978-4-04-113681-2

結界師の一輪華4

クレハ

心近づく2人、けれど華を狙う影が!?

朔《さく》の協力でついに毒親な両親を失脚させた華《はな》は、彼への気持ちを自覚し始めつつも、相変わらずの距離感で過ごしていた。そんな折、黒曜学校の学祭で行われる、術者交流戦の選抜メンバーとして担ぎ出されてしまう。華は、四《よ》ツ門《かど》の後継者候補でライバル校のエースである牡丹《ぼたん》と対戦することに。一方で術者協会の威信を揺るがす不穏な事件が発生し、朔は当主として、腹心の柳《やなぎ》と、“漆黒最強”の誉れ高い四道葛《しどうかずら》に調査を命じるが……。

角川文庫のキャラクター文芸

ISBN 978-4-04-114614-9

帝都の鬼は桜を恋う

卯月みか

宿敵同士、許されない運命の恋——。

古《いにしえ》より異能を持つ美しき鬼が存在する日本。時は明治、政府から鬼狩りを命じられた陰陽師と、鬼は敵対していた。駆け出し陰陽師の桜羽《おとは》は、少年の鬼に母を殺され、陰陽寮長官である月影冬真《つきかげとうま》に育てられた。彼への恩返しと母の仇討ちを誓って任務に励んでいたある日、桜羽は鬼の頭領の焰良《はむら》に囚われてしまう。解放の条件として、桜羽は一時的に彼のパートナーになるはめに。だが敵のはずなのに、焰良は甘く優しく接してきて……？

角川文庫のキャラクター文芸

ISBN 978-4-04-115240-9

お嬢さまと犬

契約婚のはじめかた

水守糸子

契約関係からはじめる、甘い秘密の恋。

若手画家のつぐみと、彼女の絵のモデルを務める葉《よう》は、結婚半年の新婚夫婦だ。だが実は葉は、つぐみが不本意な縁談から逃れるため3000万円で「買った」偽りの夫だった。幼い頃の事件で心に傷を負った繊細なつぐみと、明るく屈託がない葉。ひとつ屋根の下で暮らすうちに、少しずつ距離は近づいていく。でもふたりの間にはあまりにも重大な秘密があって――。これは孤独な少女と魔性的な魅力を持つ青年の、甘く切実な恋のはじまり。

角川文庫のキャラクター文芸

ISBN 978-4-04-114412-1